ALICIA EN EL PAÍS DE LAS MARAVILLAS

FANTASMAGORÍA

LA CAZA DEL *SNARK*

Lewis Carroll

Edimat Libros, SA

Copyright © EDIMAT LIBROS, SA
C/ Primavera,10, nave 35
28500 Arganda del Rey
MADRID-ESPAÑA
www.edimat.es

ISBN: 978-84-9794-597-4
Depósito Legal: M-1304-2024

Títulos: Alicia en el País de las Maravillas / Fantasmagoría / La caza del Snark
Títulos originales: *Alice´s Adventures in Wonderland / Phantasmagoria / The Hunting of the Snark*
Autor: Lewis Carroll
Traducción: Marta Olmos Gil
Introducción: Paula Arenas
Diseño e ilustraciones de cubierta: Karakachoff Estudio

Impreso en España - *Printed in Spain*

INTRODUCCIÓN

Lewis Carroll. Biografía

Lewis Carroll nació el 27 de enero de 1832 en Daresbury (Cheshire, Inglaterra).

Su nombre real era Charles Lutwidge Dodgson. El porqué de su seudónimo a la hora de publicar sus cuentos se encuentre quizá en su timidez. Según se cuenta, era tan tímido que prefería la compañía de los niños, con quienes sí se entendía, y a quienes gustaba contarles las historias que él mismo inventaba. Así fue, de hecho, como nacieron *Las aventuras de Alicia*.

Pues bien, este autor, tímido y un poco tartamudo, es hoy universalmente conocido por su *Alicia en el País de las Maravillas (Alice's Adventures in Wonderland)* y por *A través del espejo y lo que Alicia encontró allí (Through the Looking Glass and what Alice found There)*.

Tenía nada menos que diez hermanos (siete chicas y tres chicos) y era hijo de Charles Dodgson, párroco de Daresbury, que sería nombrado rector de Croft, Yorkshire, en el año 1843. La madre de Carroll era Frances Jane Lutwidge.

Hasta los once años se educó el creador de Alicia en su propia casa sin asistir a ningún colegio, y con sus padres como únicos maestros.

En el año 1843 (a la edad de once años) inicia los estudios primarios en el colegio de Richmond.

En 1845, reúne sus escritos, lo que preludia ya su gran capacidad para las letras, mas no sólo para ello, pues Carroll será profesor de matemáticas, materia en la que como estudiante siempre destacó.

Es en esta época también cuando escribe obras con la finalidad de divertir a su familia. No imaginaba Carroll lo lejos que llegarían sus letras.

En 1846 acude a la *Public School Rugby* para proseguir con sus estudios, pero la experiencia allí no fue demasiado buena para él. Aunque es precisamente en la *Public School Rugby* donde comienza a sentir interés por el teatro. Interés que se convertiría después en pasión.

Inicia sus estudios universitarios en el año 1851, matriculándose para ello en el *Christ Church College* de Oxford, donde vivirá el resto de su vida, primero como estudiante y luego como profesor de matemáticas. Fueron las matemáticas la ocupación de toda su vida y también su diversión, en ellas se refugiaba en sus noches de insomnio, que al parecer no fueron pocas.

Fue Carroll un gran conocedor de las matemáticas, sobre las que escribió varios libros y muchos artículos. Fue también un apasionado de la lógica matemática, destacando en el análisis de paradojas.

En el año 1851 muere su madre, Frances Jane Lutwidge, y lo hace unos días más tarde de ingresar Carroll en el *Christ Church College*. Este hecho le influye profundamente, tanto que muchos atribuyen a este suceso el comienzo de su deseo de volver a su niñez, por ser para él un mundo de felicidad alejado de la tristeza que a veces existe en el mundo de los adultos.

Se licencia en el año 1853, y entonces es cuando empieza a prepararse para la ordenación de diácono.

Un año más tarde, en 1854, entra en contacto con Edmundo Yates, director del *Comic Times,* donde publica Lewis algunas parodias y algunos cuentos cortos. (Según parece fue Yates quien le dio el seudónimo de Lewis Carroll).

En el año 1855 es nombrado subbibliotecario del *Christ Church College* y en este mismo año se instala también allí Liddell, el padre de Alicia (la niña que inspiró el cuento más famoso de Carroll), pues es Liddell el nuevo decano.

En 1856 Charles Lutwidge Dodgson es nombrado profesor de matemáticas y conoce a Alicia Liddell, la hija del nuevo decano.

Comienza a apasionarse por la fotografía. Carroll será considerado uno de los mejores fotógrafos de su tiempo y un pionero.

En 1861 es ordenado diácono, pero renuncia a continuar su carrera eclesiástica por falta de una verdadera vocación. (Aunque hay quien dice que su tartamudez impedía que pudiera predicar con cierta soltura).

En 1862, concretamente la tarde del cuatro de julio, se fija la fecha en la que Carroll narró oralmente un cuento (el que después sería *Las aventuras de Alicia en el País de las Maravillas)* a la hija de Liddell y a sus dos hermanas, cuando iban por un afluente del Támesis en una barca.

En 1865 Dodgson y los padres de Alicia Liddell rompen la amistad que hasta entonces mantenían.

Tres años más tarde, en 1868, muere el padre de Lewis, el archidiácono de Ripon, Charles Dodgson. La pérdida de su padre le afectará más profundamente si cabe que la muerte de su madre, lo que ya le había causado en su día un hondo y mal asumido pesar.

Abandona Carroll su gran pasión en 1880: la fotografía. Y lo hace movido por ciertos comentarios referentes a algunas de sus fotografías.

Un año después abandona también su puesto de profesor de matemáticas.

En 1887 enseñará lógica en un colegio femenino de Oxford.

Muere el 14 de enero de 1894 el poeta, escritor, fotógrafo, profesor de matemáticas y experto en lógica que fue Lewis Carroll. El creador del cuento que permanece en la memoria de casi todos los adultos y niños.

LAS AVENTURAS DE ALICIA EN EL PAÍS DE LAS MARAVILLAS (ALICE'S ADVENTURES IN WONDERLAND)

El Conejo, la Oruga, la Reina, el Rey, el Sombrerero, el Lirón, la Liebre de Marzo, el Gato sin sonrisa y la sonrisa sin gato, la propia Alicia, el Ratón y un largo etcétera de personajes atraviesan esta obra, dejándonos cada uno de ellos una impresión diferente.

Pero comencemos desde el principio.

En el primer capítulo Alicia está en un parque junto a su hermana que está leyendo un libro «sin ilustraciones ni dibujos», de lo que la propia Alicia piensa «¿y de qué sirve un libro que no tiene diálogos ni dibujos?». Entonces, aburrida y casi dormida, ve a un Conejo Blanco pasar corriendo a su lado. Le sigue, yendo así a parar a un extraño túnel por el que cae y cae y sigue cayendo hasta llegar a un salón en el que hay una mesa de cristal y diversas llaves, que tras probar logra dar con la que abre una de las puertas. Esta puerta da a un túnel muy pequeño, pero que le permite ver el jardín más maravilloso que jamás pudiera soñar. Un jardín al que de momento no puede acceder, simplemente puede observar. El túnel que parece conducir hasta él es demasiado pequeño para ella. Encuentra entonces una botella de la que bebe provocando la disminución inmediata de su tamaño hasta medir tan sólo veinte centímetros. Piensa ahora que podrá meterse en el túnel que la llevará al jardín maravilloso, pero ya no puede alcanzar la llave, su tamaño se lo impide.

Como puede advertir el lector, Alicia ha ido a parar a un mundo en el que las cosas no cuadran, primero porque es demasiado grande, después porque es demasiado pequeña.

Descubre Alicia un pastelillo que come pensando que así podrá recobrar su tamaño y alcanzar la llave, menguar después y acceder por el túnel para llegar al ansiado jardín maravilloso. Pero su tamaño esta vez no varía, y es esto lo que le extraña, pues sumida como está en un mundo repleto de extrañezas que algo permanezca normal se convierte en algo raro. Se había acostumbrado de tal modo a que le sucedieran cosas extraordinarias, que le pareció una tontería que la vida siguiera siendo normal. Con este pensamiento de Alicia advertimos la capacidad de adaptación de la niña.

El segundo capítulo se abre con el crecimiento desmesurado de Alicia, «¡Me estoy estirando como si fuera el catalejo más grande del mundo! ¡Adiós, pies!». Efectivamente Alicia vuelve a cambiar de tamaño, midiendo ahora tres metros y medio.

¿No podríamos establecer aquí un paralelismo no sólo con el cambio físico de todo ser humano cuando se hace mayor sino con los diferentes estados anímicos que lo acompañan?, ¿quién no ha pasado de la risa al llanto en menos de una hora en su adolescencia? Bien pudiera ser, pues, una inteligente metáfora de los cambios interiores que se sienten al crecer.

Rompe a llorar desesperada la pobre Alicia, pero se reprende rápidamente porque una niña tan grande no debería llorar de esa manera. Pero el llanto continúa.

¿Cuántas veces hemos asistido en nuestro crecer a estas contradicciones?, ¿no es verdad que no queriendo algo no podíamos tampoco evitarlo?

La norma es la que impide llorar como una niña a quien ya no lo es, aunque en el fondo una parte de ella lo siga siendo. Porque el hecho de que físicamente crezcamos no implica necesariamente que mentalmente también lo hagamos. De ahí el choque con una realidad que interiormente no es posible asumir a tanta velocidad.

Es en este capítulo donde se hace Alicia la pregunta que ella misma juzga «el intríngulis»: «¿quién demonios soy?».

Sin saber cómo vuelve a menguar de tal manera que al coger un guante del Conejo Blanco se da cuenta de que es de su tamaño. Intenta entonces llegar hasta el jardín pero no puede y acaba nadando en un agua salada que resulta ser de las lágrimas vertidas por ella misma cuando era «grande». Aparece en escena el Ratón, con quien nadará hasta llegar a tierra firme. Con ellos van otros animales.

El tercer capítulo presenta una carrera «para secarse» que en realidad no es una carrera pues nadie pierde, todos ganan, lo que a Alicia le resulta totalmente absurdo, pues ¿qué interés puede tener una carrera que no tiene ganador?

Alicia y su mundo convencional se enfrentan a un mundo cuya lógica y cuyas normas no son las mismas, llegando a recibir como premio un dedal que en realidad es de ella misma. Alicia pensaba que todo aquello era absurdo, pero no se atrevió a reír.

En el cuarto capítulo aparece el Conejo Blanco con su cantinela de siempre «¡Ay, la Duquesa!».

Alicia se da cuenta de que el Conejo está quejándose porque no encuentra sus guantes y su abanico y le ayuda a buscarlo pero no puede encontrarlos porque... todo parecía haber cambiado. Así es, las cosas ya no están donde estaban, es más ni siquiera existen. Aquí está la palabra clave: cambio. Cambio también en lo que es habitual para ella, dueña de un gato al que evidentemente puede mandar. Al ser ella quien ahora obedece órdenes, las del Conejo, se plantea la extrañeza de la situación, ¿cómo es posible que esté ella obedeciendo a un conejo? Efectivamente parece el mundo al revés, la base de su mundo se cae en este otro mundo, pero Alicia no pierde el ánimo y la vitalidad.

Nunca dejaré de ser la niña que soy ahora, piensa esperanzada Alicia, reflejando en sus palabras el temor a ser mayor, temor lógico, dados los problemas que le ha acarreado crecer de esa manera. Su postura debido a su tamaño y al de la casa del Conejo es absolutamente insostenible. Afortunadamente vuelve a menguar pudiendo así salir de la casa del Conejo Blanco, planeando recuperar su tamaño y encontrar el jardín. El jardín, siempre el jardín maravilloso al que no consigue llegar. ¿No podría ser ese jardín maravilloso el estado de integración y adaptación que sin duda la pobre Alicia no encuentra?

El cuarto capítulo comienza con una Oruga que fuma y que hace una pregunta difícil de responder para la niña que crece y mengua, que obedece a los animales y que no entiende absolutamente nada. La pregunta en cuestión es: ¿quién eres tú? La respuesta no puede ser más acertada e ilustrativa: «La verdad, es que en estos momentos no estoy muy segura de quién soy». Inician una conversación sobre los cambios de Alicia, y la Oruga le dice que ya se acostumbrará. Acostumbrarse, adaptarse al nuevo estado y llegar al jardín tiene mucho que ver. Crecer interiormente, aceptar el nuevo estado. Ser mayor no sólo físicamente.

La Oruga le dice que si come de un lado de la seta crecerá, si come del otro menguará, pero cuál es la sorpresa de Alicia al comer una parte y crecer o menguar sólo por zonas.

Llegamos a la mitad de la obra, el sexto capítulo, en el que Alicia, con un tamaño de veinte centímetros, se acerca a una casa en cuya puerta puede ver un lacayo-pez y un lacayo-rana. Descubre que la casa es la de la Duquesa. (Recordemos la cantinela del Conejo «¡Ay, la Duquesa!»).

Es en este capítulo donde aparece el Gato de Cheshire, un gato que aparece y desaparece misteriosamente, llegando incluso a desaparecer por completo salvo su sonrisa. Alicia desde luego no entiende nada, y piensa: «He visto muchas veces un gato sin sonrisa [...], pero una sonrisa sin gato es la cosa más rara que he visto en mi vida». ¿Ironía, absurdo...? ¿Una broma?

El capítulo séptimo continúa con esa disparatada línea del absurdo que crece a medida que avanza la obra. La Liebre de Marzo, el Sombrerero y el Lirón son los nuevos protagonistas, cuyo quehacer constante es tomar el té. Están castigados por el Tiempo a permanecer siempre en la misma hora, la del té, las seis de la tarde. El castigo se debe a que el Sombrerero quiso matar el tiempo. Inteligente juego de palabras.

Enfadada por lo absurdo e incomprensible que le resulta todo, se marcha del lugar. Se topa entonces con una puerta instalada en un árbol. Al entrar por ella, vuelve a encontrarse en el mismo salón, cerca de la mesa de cristal. Piensa entonces que ahora podrá llegar al ansiado jardín. Alicia intuye desde el principio que la clave está en llegar al jardín. Ahí encontrará —piensa ella— la salida.

Come un poco de la seta mágica y mengua hasta que su tamaño es tan pequeño como para acceder por el diminuto túnel que la llevará hasta el jardín, donde se vio rodeada por el colorido de alegres flores y el murmullo de las fuentes.

Dos naipes pintando un rosal blanco de rojo es lo que le aguarda al inicio del octavo capítulo justo a la entrada del anhelado jardín. Las cartas que son y hablan como personas lo están pintando porque el rosal debería haber sido rojo. Absolutamente extraño esto para Alicia que sigue sin comprender nada, pero que ya no llora o se enfada, parece que se está habituando al nuevo mundo. Entran en escena el Rey y la Reina de Corazones, ante quienes no sabe cómo comportarse porque el protocolo que ella conoce no parece ser el mismo que el usado allí. ¿Un cambio de normas?, ¿no sirven pues las mismas que en su mundo de niña sí servían?

La Reina de Corazones repite constantemente la misma frase: «¡Que le corten la cabeza!», ante lo cual Alicia empieza a sentir cierta preocupación porque «¡Aquí lo arreglan todo cortando cabezas!». Aunque en realidad no sucede así, pues no ve que a nadie le corten la cabeza. Las cosas no dejan de ser incomprensibles para la niña.

El Gato de Cheshire vuelve a aparecer cuando Alicia está jugando al cróquet, aunque de un extraño modo, primero porque los mazos son flamencos; las bolas, erizos; los arcos, soldados doblados sobre sí mismos, y segundo porque o bien no hay reglas para jugar o bien nadie las cumple. Nuevamente como en la carrera del capítulo III, Alicia comprueba que no hay normas para jugar. O quizá es que las normas que allí imperan no son las mismas que ella conoce.

Ordenan cortar la cabeza al Gato pero no lo consiguen porque ¿cómo cortar la cabeza a un ser que desaparece?

Alicia ha pasado a otra parte del mismo mundo, del escenario natural en el que se venía moviendo hasta aquí al espacio social que parece ocupar ahora. La Reina es la que manda y pone orden. Los demás obedecen. Ha habido pues un cambio importante.

El capítulo IX nos presenta a la Duquesa y a Alicia manteniendo una extraña conversación, al menos así es para Alicia, que pronto se harta de la palabrería absurda de la Duquesa, que desaparece a toda velocidad ante la amenaza de la Reina.

La partida de cróquet ya sólo la juegan el Rey y la Reina pues todos los demás han sido condenados a que les corten la cabeza. Menos Alicia, claro.

Es en este capítulo donde nos encontramos con la denominada Falsa Tortuga, algo que Alicia no entiende, porque en su mundo las cosas son o no son, pero no existe una falsa tortuga, o hay tortuga o no la hay. Un animal fabuloso, mezcla de águila y león responde al nombre de Grifo siendo este quien lleva a la niña hasta la Falsa Tortuga. Discuten la niña y la Tortuga por las clases que ha recibido cada una llegando a decir la Falsa Tortuga que a ella le enseñaban a beber y a escupir [...]; a fumar... A esto le sigue una de las ya habituales discusiones por determinadas palabras y su extraño uso, pues Alicia ha ido comprobando a lo largo de su viaje que lo que significan habitualmente las palabras para ella han cambiado de significado y en muchas ocasiones hasta de pronunciación. Son los inteligentes juegos lingüísticos de Lewis Carroll.

Continúan la Tortuga, el Grifo y Alicia en la misma escena cuando da comienzo el décimo capítulo donde le muestran a Alicia cómo es la danza de las langostas. Antes han estado hablando sobre distintos peces de una manera también algo absurda, pues por ejemplo Alicia contesta cuando le preguntan si sabe cómo son las pescadillas que se muerden la cola y suelen venir cubiertas de pan rallado. El humor aquí está servido. Es que Alicia es tan sólo una niña y cree como cualquier otro niño que las cosas son siempre y únicamente tal y como ella las ve.

Finaliza el capítulo con la marcha de estos tres personajes al juicio.

Llegamos así a los dos últimos capítulos en los que se celebra un juicio. Hay un acusado, la Sota de Corazones, un juez, el Rey, y un tribunal, doce animales. El juicio transcurre con la misma carencia de sentido para la niña, que incluso llega a ser condenada a que le corten la cabeza. Cuando siente que todas las cartas se le vienen encima se despierta apoyada en el brazo de su hermana en el mismo parque en el que estaba cuando apareció por primera vez el Conejo Blanco que siempre llevaba prisa, ¿no es la prisa uno de los males del adulto?

Termina el cuento con la reflexión de la hermana de Alicia tratando de imaginarla cuando fuera adulta, y cómo guardaría a lo largo de su vida el alma cándida de cuando era niña. Trató de imaginarla rodeada ya de hijos [...]. Sabiendo que reviviría aquellos dulces días de su niñez.

Un final este que parece terminar de confirmar la idea del viaje simbólico de Alicia hacia la edad adulta.

Pero no sólo el final pues la poesía que precede a la obra termina con la siguiente estrofa:

> *¡Alicia!, acepta este cuento*
> *y con dedos delicados*
> *ponlo donde están trenzados*
> *sueños del mundo infantil*
> *con la cinta del Recuerdo,*
> *como coronas ajadas*
> *hechas de flores cortadas*
> *en un lejano país.*

¿No es esto, en realidad, todo un canto a la infancia y una llamada a su recuerdo y conservación cuando pase Alicia, que simboliza la infancia, al mundo adulto?

ALICIA EN EL PAÍS DE LAS MARAVILLAS

Todos en la tarde dorada
    nos deslizamos sin prisa:
nuestros remos son impulsados
    por unos pequeños brazos, con poca habilidad,
mientras estas pequeñas manos tratan en vano
    de guiar nuestro camino.

¡Ah, cruel Trinidad! ¡En dicha hora
    con un tiempo de ensueño,
pedir un cuento, con un aliento tan débil
    que no mueve ni la más leve pluma!
Pero, ¿qué puede una pobre voz decir
    frente a estas tres lenguas juntas?

La imperiosa Prima lanza
    su edicto: «Empezadlo».
En un tono más suave, la Secunda pide:
    «Que no tenga sentido».
Mientras, la Tertia interrumpe el cuento
    por lo menos una vez cada minuto.

Luego, cuando se ha hecho el silencio,
    en la imaginación las tres siguen
a la niña soñada que cruza un país
    de maravillas nuevas y silvestres,
hablando amigablemente con pájaros o bestias.
    Y casi creen que es cierto.

Y cuando ya la historia seca
    los pozos de la imaginación,
y uno cansado se esfuerza
    por aplazar el cuento,

«El resto, la próxima vez», «¡Ya es la próxima vez!»,
   gritan las felices voces.

Así nació el cuento del país de las maravillas:
   así despacio, una por una,
se crearon sus raras aventuras.
   Y ahora, el cuento está terminado,
y volvemos a casa, feliz tripulación,
   bajo el sol que se pone.

¡Alicia! toma esta historia de niños
   y con una mano amable
déjala donde se entretejen los sueños de los niños
   con el lazo místico de la Memoria,
como la estropeada guirnalda de flores que hizo un peregrino,
   arrancándolas en una tierra lejana.

CAPÍTULO PRIMERO

Descenso por la madriguera

Alicia empezaba a cansarse de estar sentada en la orilla al lado de su hermana sin tener nada que hacer: una vez o dos se había asomado al libro que su hermana estaba leyendo, pero no tenía ni diálogos ni ilustraciones, «y ¿para qué sirve un libro», pensó Alicia, «sin ilustraciones ni diálogos?».

Así que estaba pensando (como podía, ya que el calor del día le hacía sentirse soñolienta y atontada) en si merecería la pena tomarse la molestia de levantarse y coger unas margaritas para hacer una guirnalda de flores, cuando de repente un conejo blanco de ojos sonrosados pasó rápidamente a su lado.

No había nada *demasiado* extraordinario en eso; tampoco Alicia lo pensó *demasiado* cuando oyó al Conejo decirse a sí mismo: «¡Oh, Dios mío! ¡Dios mío! ¡Llego tarde!» (cuando más tarde ella pensó en esto, se le ocurrió que quizá debería haberse sorprendido por ello, pero en ese momento todo le parecía absolutamente natural). Sin embargo, cuando el Conejo sacó un reloj del bolsillo de su chaleco, lo consultó y se apresuró, Alicia se puso en pie, ya que se le pasó por la cabeza que ella nunca había visto un conejo con chaleco, ni con un reloj que sacar de él. Y, quemada por la curiosidad, cruzó el campo detrás de él, justo para ver, afortunadamente, que se colaba por una gran madriguera que había bajo un seto.

Inmediatamente, Alicia saltó detrás de él, sin pararse a pensar ni por un instante cómo iba a salir de allí.

La madriguera era recta como un túnel, pero, de pronto, un tramo se hundió, tan de repente que Alicia no tuvo ni momento para pensar en detenerse antes de caer por un pozo muy profundo.

O el pozo era muy profundo o ella caía muy despacio, porque mientras bajaba tuvo tiempo suficiente para echar una mirada a su alrededor y preguntarse qué iría a pasar después. Primero trató de mirar hacia abajo y averiguar adónde iba, pero estaba demasiado oscuro para poder ver algo. Entonces, miró las paredes del pozo y se dio cuenta de que estaban llenas de estantes y armarios: acá y allá había mapas y cuadros colgados. Mientras bajaba, cogió, de uno de los estantes, un tarro con una etiqueta que decía «mermelada de naranja», pero se llevó una gran decepción al ver que estaba vacío. No quiso tirar el tarro por miedo a matar a alguien, así que se las apañó para dejarlo en uno de los armarios por los que pasaba al caer.

«¡Bien!», pensó Alicia. «¡Tras una caída como esta, rodar por cualquier escalera es una tontería! ¡Qué valiente soy, van a pensar en casa, porque, aunque me cayese del tejado, no rechistaría!». (Lo que probablemente era verdad).

Abajo, abajo, abajo. ¿No dejaría nunca de caer? «¡Me pregunto cuántas millas he recorrido ya!», dijo en voz alta. «Debo estar llegando a cualquier parte cerca del centro de la Tierra. Veamos: eso sería unas cuatro mil millas hacia abajo, creo». (Como veis, Alicia había aprendido bastantes cosas como esta en sus clases, y aunque la ocasión no era *muy* buena para demostrar sus conocimientos, porque no había nadie escuchando, siempre era bueno repetirlos para practicar.) «¡Sí, esa es más o menos la distancia correcta! Pero, me pregunto ¿en qué latitud y en qué longitud me encuentro?». (Alicia no tenía ni idea de lo que era la latitud, ni tampoco la longitud, pero pensó que esas palabras eran muy importantes y agradables de decir.)

Luego, empezó otra vez: «¡Me pregunto si estaré cayendo directamente *a través* de la Tierra! ¡Qué divertido sería aparecer entre la gente que anda cabeza abajo! Las Antipáticas, creo», (ella estaba bastante contenta de que *no* hubiese nadie escuchando en ese momento, ya que no le parecía que esa fuera la palabra correcta.) «Pero tendré que preguntarles el nombre del país. Por favor, señora, ¿esto es Nueva Zelanda o Australia?» (y trató de hacer una reverencia mientras hablaba. ¡Intentad hacer una reverencia mientras caéis por el aire! ¿Creéis que podríais?) «¡Qué ignorante pensaría esa señora que soy! No, nunca más preguntaré; intentaré, quizá, verlo escrito en algún sitio».

Abajo, abajo, abajo. No había nada más que hacer, así que Alicia pronto empezó a hablar de nuevo: «¡Creo que Dinah me va a echar mucho de menos esta noche!». (Dinah era su gata.) «Espero que se acuerden de darle su leche a la hora del té. Dinah, cariño, ¡ojalá estuvieses aquí conmigo! Me temo que no hay ratones en el aire, pero tú podrías cazar algún murciélago, que es muy parecido a un ratón, ya sabes. Sin embargo, me pregunto: ¿comen los gatos murciélagos?». En ese momento, Alicia empezó a sentirse bastante adormilada y siguió preguntándose como entre sueños: «¿Comen los gatos murciélagos? ¿Comen los murciélagos gatos?», porque, como veis, ya que ella no sabía contestar ninguna de estas dos preguntas, no importaba de qué forma las hiciese. Sintió que se estaba durmiendo y, justo cuando empezaba a soñar que estaba paseando al lado de Dinah preguntándole seriamente: «A ver, Dinah, dime la verdad: ¿Te has comido alguna vez un murciélago?», de pronto, ¡bump! ¡bump!, cayó sobre un montón de hojas secas y su descenso terminó.

Alicia no se hizo ningún daño y, rápidamente, se puso en pie: miró hacia arriba, pero todo estaba oscuro; ante ella había un largo pasillo por el que todavía podía ver al Conejo Blanco corriendo. No había un momento que perder. Alicia corrió como el viento y llegó justo a tiempo de oírle decir mientras doblaba una esquina: «¡Por mis bigotes y mis orejas, qué tarde se está haciendo!». En ese momento, ella estaba muy cerca detrás de él, pero cuando dobló la esquina ya no le vio más: se encontró en una sala baja y larga, alumbrada por una fila de lámparas que colgaban del techo.

Había puertas por todos los lados de la sala, pero todas estaban cerradas con llave; cuando Alicia hubo probado todas las puertas de un lado y de otro, se dirigió cabizbaja al centro de la habitación, preguntándose cómo podría salir de allí.

De pronto, se fijó en una mesita de cristal con tres patas; no había nada sobre ella excepto una pequeña llave dorada y lo primero que se le ocurrió fue que esta podría corresponder a una de las puertas de la sala; pero, ¡ay!, o bien las cerraduras eran demasiado grandes o la llave era demasiado pequeña, pero de ningún modo podría abrir ninguna de ellas. Sin embargo, la segunda vez que lo intentó descubrió una cortina baja que no había visto antes y, tras esta, una pequeña puerta de unas quince pulgadas de altura: Alicia probó la pequeña llave dorada en la cerradura y, con gran placer, ¡vio que encajaba!

Alicia abrió la puerta y descubrió que daba a un pequeño pasillo, no mucho más grande que una ratonera: se arrodilló y, a través del pasadizo, vio el jardín más bonito que jamás hayáis imaginado. ¡Cómo deseaba salir de aquella oscura sala y pasearse entre esos lechos de brillantes flores y esas fuentes fresquísimas!, pero no podía ni siquiera sacar la cabeza por la puerta. «incluso si mi cabeza pasase por aquí», pensó la pobre Alicia, «no serviría de nada sin mis hombros. ¡Oh, ojalá pudiese encogerme como un telescopio! Creo que podría hacerlo, si al menos supiese cómo empezar». Porque, ya veis, le habían ocurrido tantas cosas extrañas últimamente que Alicia había empezado a pensar que muy pocas cosas eran realmente imposibles.

No era muy útil quedarse esperando al lado de la puertecita, así que regresó junto a la mesa, esperando, en cierto modo, encontrar otra llave sobre ella o, por lo menos, un libro de normas para encoger a las personas como un telescopio. Esta vez lo que encontró fue una botellita sobre la mesa («que, desde luego, no estaba aquí antes», pensó Alicia). Alrededor del cuello de la botellita había una etiqueta con la palabra «BÉBEME» impresa en unas preciosas letras mayúsculas.

Estaba muy bien eso de decir «bébeme», pero la pequeña y precavida Alicia no iba a hacerlo así, sin más. «No, primero miraré», dijo ella, «si dice *veneno* o no»; porque ella había oído varias historias muy bonitas sobre niños que habían sido quemados, o que habían sido devorados por bestias salvajes y por otras cosas desagradables, todo por negarse a recordar las simples normas que sus amigos les habían enseñado: tales como que un atizador al rojo vivo quema, si uno lo sostiene demasiado tiempo, y que si uno se hace un corte muy profundo en un dedo con un cuchillo, normalmente sangra; Alicia no había olvidado que si se bebe mucho de una botella en la que pone «veneno», es casi seguro que, tarde o temprano, hace daño.

Sin embargo, en esta botella no decía «veneno», así que Alicia se atrevió a probarlo y lo encontró muy agradable (de hecho, sabía a una mezcla entre tarta de cerezas, natillas, piña, pavo asado, caramelo y tostadas calientes con mantequilla. Enseguida se lo terminó.

«¡Qué sensación tan curiosa!», dijo Alicia. «Debo estar encogiéndome como un telescopio».

* * *

Y efectivamente, así era: ahora sólo medía diez pulgadas y su cara se iluminó al pensar que ya tenía la medida apropiada para pasar por la puertecita y entrar en el precioso jardín. Sin embargo, primero esperó unos minutos para ver si iba a encogerse más; se sintió un poco nerviosa al pensar en esta posibilidad: «porque puedo desaparecer del todo», dijo Alicia, «como una vela. Me pregunto: ¿cómo sería yo entonces?». Y trató de imaginar cómo es la llama de una vela al apagarse, porque no recordaba haber visto eso nunca.

Al cabo de un rato, al ver que no ocurría nada más, decidió salir al jardín; pero, ¡ay pobre Alicia!, al llegar a la puerta se dio cuenta de que había olvidado la llavecita dorada y, cuando se acercó a la mesa para cogerla, comprendió que le resultaría imposible alcanzarla: podía verla perfectamente a través del cristal y trató, como pudo, de trepar por una de las patas de la mesa, pero resbalaba demasiado. Cuando se cansó de intentar subir, la pobre criatura se sentó y rompió a llorar.

«¡Vamos, llorar no sirve de nada!», se dijo Alicia con firmeza. «¡Te aconsejo que pares ahora mismo!». Normalmente Alicia se daba consejos muy buenos (aunque pocas veces hacía caso de ellos), y en ocasiones se reprendía de una forma tan severa que incluso lloraba; recordaba que una vez había intentado darse un cachete por haber hecho trampas en una partida de cróquet que estaba disputando contra ella misma, porque a esta curiosa niña le encantaba fingir que era dos personas al mismo tiempo. «Pero, ¡no sirve de nada fingir que soy dos personas ahora!», pensó la pobre Alicia. «¡No queda casi nada de mí como para ser *una* persona completa!».

Pronto descubrió una cajita de cristal bajo la mesa; la abrió y encontró un pastelito con la palabra «cómeme» escrita en unas preciosas letras mayúsculas. «Bien, me lo comeré», dijo Alicia. «Si me hace crecer, podré coger la llave, y si me hace aún más pequeña, podré escurrirme por debajo de la puerta; así que, de un modo u otro, entraré en el jardín. Además, ¡me da igual lo que pase!».

Comió un poquito y ansiosamente se preguntó: «¿Hacia dónde? ¿Hacia dónde?», mientras mantenía su mano en la cabeza para ver si estaba creciendo. Se sorprendió bastante al ver que permanecía igual. La verdad, esto es lo que ocurre normalmente cuando uno se come un pastel, pero Alicia estaba ya tan acostumbrada a que sólo le ocurriesen cosas extrañas, que le parecía demasiado estúpido y aburrido que la vida siguiese como siempre. Así que se puso manos a la obra y pronto se terminó el pastel.

CAPÍTULO II

Un mar de lágrimas

«¡Qué curioso, qué curioso!», exclamó Alicia (estaba tan sorprendida que, por un momento, olvidó cómo hablar correctamente). «¡Ahora me estoy alargando como el telescopio más grande que existe! ¡Adiós, pies!» (porque cuando miró hacia abajo, casi había perdido de vista sus pies; estaban tan lejos...). «¡Oh, mis pobres piececitos, me pregunto quién os pondrá ahora los zapatos y las medias! ¡Estoy segura que yo no voy a poder! Estaré demasiado lejos como para ocuparme de vosotros. Debéis apañaros como podáis; pero debo ser amable con ellos», pensó Alicia, «o quizá no me llevarán por donde yo quiero ir. Veamos: ¡Les regalaré un par de botas nuevas cada Navidad!».

Y así siguió planeando cómo se las arreglaría. «Tendrán que recibirlas por correo», pensó, «pero, ¡qué divertido será enviarles regalos a mis propios pies y qué rara resultará la dirección!

Sr. Pie Derecho de Alicia
Felpudo de la Chimenea,
cerca del guardafuegos
(con cariño, de Alicia).

¡Dios mío, qué tonterías estoy diciendo!».

Y, justo en ese instante, se golpeó la cabeza con el techo de la sala. De hecho, ahora medía más de nueve pies. Inmediatamente, cogió la llavecita dorada y corrió hacia la puerta del jardín.

¡Pobre Alicia! Todo lo que podía hacer era tumbarse de lado para mirar el jardín con un solo ojo, ya que entrar era ahora mucho más difícil que nunca. Se sentó y rompió a llorar de nuevo.

—¡Deberías avergonzarte por seguir llorando así!—, dijo Alicia, «¡una niña tan grande como tú!». (Ella podía permitirse hablar así). «¡Deja de llorar ya!». Pero siguió igual, vertiendo ríos de lágrimas hasta que, a su alrededor, se formó un gran charco de cuatro pulgadas de profundidad, que cubría la mitad de la sala.

Cuando pasó un rato, oyó unas leves pisadas a lo lejos y se secó los ojos rápidamente para ver quién se acercaba. Era el Conejo Blanco que volvía, vestido muy elegante con un par de guantes blancos de cabritilla en una mano y un gran abanico en la otra. Venía saltando, con mucha prisa, y murmurando para sí: «¡Oh! ¡La Duquesa, la Duquesa! ¡Oh! ¡Si la hago esperar, se enfadará!». Alicia se sentía tan desesperada que estaba dispuesta a pedir ayuda a cualquiera; así que, cuando el Conejo se acercó a ella, empezó a hablar tímidamente en voz baja: «Señor, sí usted, por favor...». El Conejo se asustó, tiró los guantes blancos de cabritilla y el abanico y desapareció en la oscuridad tan deprisa como pudo.

Alicia cogió el abanico y los guantes, y, como hacía mucho calor en la sala, se puso a abanicarse mientras decía: «¡Dios mío, Dios mío! ¡Qué raro es todo hoy, mientras que ayer todo era tan normal! Me pregunto si habré cambiado algo durante la noche.

A ver: ¿estaba igual cuando me levanté esta mañana? Casi creo recordar que me sentí un poco diferente. Pero, si no soy la misma, la siguiente pregunta es: ¿Quién soy yo? ¡Ah, *ese* es el gran enigma!». Y comenzó a pensar en todos los niños que conocía con su misma edad, para ver si podía haberse transformado en alguno de ellos.

«Seguro que no soy Ada», dijo, «porque su pelo cae en largos tirabuzones y el mío no tiene ninguno, y estoy segura de que tampoco soy Mabel, porque yo sé un montón de cosas y ella, en cambio, ¡ay, sabe tan poquitas...! Además, *ella* es ella y *yo* soy yo. ¡Dios mío, qué extraño es todo esto! Comprobaré si sé todas las cosas que sabía antes. Veamos: cuatro por cinco, doce, y cuatro por seis es trece, y cuatro por siete es... ¡Dios mío! ¡Nunca llegaré a veinte a este paso! Sin embargo, la tabla de multiplicar no significa nada. Probemos con geografía. Londres es la capital de París; París es la capital de Roma, y Roma... ¡No, estoy segura de que todo *eso* está mal! ¡Debo haberme transformado en Mabel! Intentaré recitar *Ay, el pobrecito...*». Cruzó las manos sobre su regazo, como si fuese a decir la lección, y empezó a recitar, pero su voz sonaba extraña y ronca, y la letra no parecía la misma que antes:

> *¡Ay, el pobrecito cocodrilo*
> *que aprovecha su brillante cola,*
> *y derrama las aguas del Nilo*
> *sobre sus doradas escamas!*

¡Ay, qué alegremente enseña los dientes,
qué hábilmente extiende sus garras
y recibe a los peces pequeños,
en unas amables mandíbulas sonrientes!

«Estoy segura de que así no era», dijo la pobre Alicia y comenzó a llorar de nuevo mientras seguía diciendo: «Después de todo, debo ser Mabel y tendré que vivir en esa casucha y no tendré juguetes, pero, ¡oh!, ¡tendré tantas lecciones...! No, lo he decidido; si soy Mabel, ¡me quedaré aquí! No les servirá de nada ponerse cabeza abajo y decir: "¡Vamos, cariño, sube!". Yo sólo miraré hacia arriba y diré: "Pero, ¿quién soy yo? Contestadme primero a esta pregunta y entonces, si me gusta ser esa persona, subiré; si no, me quedaré aquí abajo hasta que me transforme en otra persona". Pero, ¡Dios mío!», exclamó Alicia rompiendo otra vez a llorar, «ojalá se pusieran cabeza abajo. ¡Estoy tan harta de estar aquí sola!».

Al decir esto, miró hacia abajo y se sorprendió al ver que, mientras hablaba, se había puesto uno de los guantecitos blancos de cabritilla del Conejo. «¿Cómo habré podido hacer esto?», pensó. «Debo estar haciéndome pequeña otra vez». Se levantó y se acercó a la mesa para comparar su tamaño con el de esta. Según sus cálculos, ahora medía cerca de dos pies y seguía encogiéndose rápidamente: pronto averiguó que la causa de esto era el abanico que llevaba en la mano. Lo tiró rápidamente, justo a tiempo de evitar encogerse del todo.

«¡Escapé por los pelos!», dijo Alicia bastante asustada por el repentino cambio, pero muy contenta por seguir todavía con vida, «y ahora, ¡al jardín!», y se dirigió a toda prisa a la puertecita. Pero, ¡ay!, la puertecita estaba cerrada otra vez y la llavecita dorada seguía sobre la mesita de cristal como antes. «¡Todo va de mal en peor», pensó la pobre niña, «porque nunca he sido tan pequeña como ahora! ¡Esto es terrible!».

Pero al decir estas palabras se resbaló y, de pronto, ¡plaf!, se encontró cubierta de agua salada hasta la barbilla. Lo primero que se le ocurrió fue que, de algún modo, se había caído al mar «y en ese caso puedo volver en tren», se dijo. (Alicia había ido a la playa sólo una vez en su vida, y había llegado a la conclusión de que, fueses donde fueses en la costa inglesa, siempre encontrarías artilugios para bañarte en el mar, niños cavando en la arena con palas de madera, una acera llena de casas de huéspedes y tras ellas una estación de tren.) Sin embargo, pronto se dio cuenta de que se encontraba en el charco de lágrimas que se había formado al llorar cuando medía nueve pies.

—¡Ojalá no hubiese llorado tanto! —dijo Alicia, mientras nadaba por el charco tratando de salir de él. «Supongo que ahora, como castigo, me ahogaré en mis propias lágrimas! ¡Eso *sí* que es raro! Sin embargo, todo es raro hoy».

Justo en ese momento oyó que algo chapoteaba en el charco, cerca de ella y se acercó nadando para ver lo que era. Al principio pensó que sería un hipopótamo o una morsa, pero recordó lo pequeña que era entonces y pronto averiguó que sólo era un ratón que, como ella, había resbalado.

«¿Serviría de algo hablarle a este ratón ahora?», pensó Alicia. «Todo es tan extraño aquí abajo que es muy probable que el ratón hable. De todos modos, no se pierde nada con probar». Así que empezó:

—¡Oh, Ratón! ¿Sabes cómo salir de este lago? Estoy muy cansada de nadar de un lado para otro, ¡oh, Ratón! —Alicia pensó que esta era la forma correcta de dirigirse a un ratón. Nunca lo había hecho, pero recordaba haber visto en el libro de gramática latina de su hermano: «Un ratón — de un ratón — para un ratón — a un ratón — ¡oh ratón!». El Ratón la miró curiosamente y, aunque no dijo nada, a ella le pareció que le guiñaba uno de sus ojitos.

«Quizá no entiende mi idioma», pensó Alicia; «me atrevería a decir que es un ratón francés, que llegó con Guillermo el Conquistador». (Porque, a pesar de saber mucha historia, Alicia no tenía muy claro cuánto tiempo había pasado desde que algo hubiera sucedido.) Así que empezó de nuevo: *«Où est ma chatte?»,* que era la primera frase en su libro de francés. El Ratón saltó repentinamente y pareció que todo él temblaba de miedo.

—¡Oh, perdón! —dijo Alicia enseguida, temiendo haber herido los sentimientos del pobre animal—. Olvidé que no te gustan los gatos.

—¡Que no me gustan los gatos! —gritó el Ratón con una voz chillona y enfadada—. ¿Te gustarían a *ti* los gatos si estuvieses en mi lugar?

—Bueno, quizá no —dijo Alicia en un tono tranquilizador—, no te enfades por esto. Pero me gustaría poder enseñarte a mi gata Dinah. Creo que si la vieses, te encantarían los gatos. Es una criatura tan tranquila... —Alicia siguió hablando, medio para sí misma, mientras nadaba perezosamente por el charco—. Cuando se sienta junto al fuego ronronea agradablemente, lamiéndose las patas y lavándose la cara, y es una criatura tan amable y tan dulce de cuidar, y es tan buena cazando ratones... ¡Oh, lo siento!, —dijo Alicia otra vez, porque esta vez el Ratón se puso todo erizado y ella sintió que debía estar realmente ofendido—. Si lo prefieres, no hablaremos más de ella.

—¡Sin duda, lo prefiero! —exclamó el Ratón, que temblaba de los pies a la cabeza—. ¡Cómo si yo pudiese hablar de semejante cosa! Nuestra familia *ha odiado* siempre a los gatos: ¡sucios, rastreros, vulgares! ¡Que no vuelva a oír esa palabra otra vez!

—¡No volveré a pronunciarla de nuevo! —dijo Alicia cambiando de tema rápidamente—. ¿Te gustan... te gustan... los perros?

El Ratón no contestó, así que Alicia siguió diciendo insistentemente:

—¡Me encantaría enseñarte el perrito tan bonito que hay al lado de nuestra casa! Un pequeño terrier de ojos brillantes, ¿sabes?, ¡con un pelo castaño, largo y rizado! Y recoge las cosas que le tiras, y se sienta para pedir la cena, y un montón de cosas más... Tantas que no puedo recordar la mitad de ellas. Es de un granjero que dice que es tan útil ¡que vale cien libras! Dice que mata todas las ratas y... ¡Dios mío!, —exclamó Alicia afligida—: ¡Me temo que he vuelto a ofenderle otra vez! —Porque el Ratón se alejaba de ella nadando tan deprisa como podía y removiendo el charco a su paso.

Suavemente, ella le llamó:

—¡Querido Ratón! ¡Vuelve, no hablaremos de gatos ni de perros, si tampoco te gustan!

Cuando el Ratón escuchó esto, dio la vuelta y nadó hacia ella muy despacio. Su cara estaba bastante pálida (de ira, pensó Alicia), y dijo con voz temblorosa:

—¡Vamos a la orilla y entonces te contaré mi historia; así comprenderás por qué no me gustan ni los perros ni los gatos!

Era el momento de salir, ya que el charco se estaba llenando de pájaros y otros animales que se habían caído dentro.

Había un pato y un dodo, un loro, un aguilucho y otras criaturas bastante curiosas. Alicia iba al frente de todos ellos mientras nadaban hacia la orilla.

CAPÍTULO III

Una carrera en comité y un cuento largo

El grupo que se reunió en la orilla tenía un aspecto bastante raro. Los pájaros arrastrando sus plumas, los demás animales con sus pieles pegadas al cuerpo; todos ellos mojados, enfadados e incómodos.

Por supuesto, la primera cuestión era cómo secarse. Hicieron una consulta al respecto y, después de unos minutos, Alicia se encontró hablando con ellos de una forma absolutamente familiar. Incluso tuvo una larga conversación con el Loro, que al final, muy enfadado, sólo repetía:

—Yo soy mayor que tú y lo sé mucho mejor.

Por supuesto Alicia no iba a aceptar esto, sin conocer su edad, pero, como el Loro se negó rotundamente a decirle los años que tenía, no se habló más del tema.

Por fin el Ratón, que parecía tener más autoridad que ninguno de ellos, gritó:

—¡Sentaos todos y escuchadme! ¡Pronto os voy a secar!

Todos se sentaron inmediatamente, formando un gran círculo alrededor del Ratón. Alicia le miraba ansiosamente, porque estaba segura de que, si no se secaba pronto, cogería un buen resfriado.

—¡Ejem! —dijo el Ratón dándose aires de importancia—. ¿Estáis preparados? Esto es lo más seco que conozco. ¡Por favor, silencio todos! Guillermo el Conquistador, cuya causa favorecía el papa, pronto fue aclamado por los ingleses, que deseaban un líder y que se habían acostumbrado, en los últimos tiempos, a la usurpación y a la conquista. Edwin y Morcar, duques de Mercia y Northumbria...

—¡Uf! —suspiró el Loro tiritando.

—¡Perdón! —dijo el Ratón educadamente, pero con el ceño fruncido—. ¿Decías algo?

—¡No, yo no! —contestó rápidamente el Loro.

—Me pareció que sí —dijo el Ratón—. Sigo. Edwin y Morcar, los duques de Mercia y Northumbria, se declararon a favor de él; e incluso Stigand, el patriota arzobispo de Canterbury, lo encontró aconsejable...

—¿Encontró *qué?* —preguntó el Pato.

—Lo encontró —contestó el Ratón un poco enfadado—: ¿sabes lo que significa *lo?*

—Sé perfectamente lo que significa *lo* cuando *yo* soy el que lo encuentra —dijo el Pato—. Normalmente es una rana o un gusano. Mi pregunta es: ¿qué encontró el arzobispo?

El Ratón no hizo ni caso de su pregunta y siguió contando a toda prisa:

—... Encontró aconsejable ir con Edgard Atheling a conocer a Guillermo y ofrecerle la corona. En un primer momento la conducta de Guillermo fue moderada. Pero la insolencia de los normandos... ¿Cómo te encuentras ahora, querida? —continuó el Ratón volviéndose a Alicia mientras hablaba.

—Tan mojada como antes —dijo Alicia con voz melancólica—. Esto no parece secarme en absoluto.

—En ese caso —dijo el Dodo levantándose solemnemente—, propongo que esta asamblea se aplace con el fin de adoptar medidas más enérgicas inmediatamente.

—¡Habla claro! —exclamó el Aguilucho—. No comprendo el significado de la mitad de esas palabras tan largas y, además, ¡creo que tú tampoco!

El Aguilucho agachó la cabeza para esconder una sonrisa, mientras los demás pájaros se reían claramente.

—Lo que yo quería decir —dijo el Dodo ofendido—, es que la mejor manera de secarnos es hacer una carrera en comité.

—¿Qué es una carrera en comité? —preguntó Alicia, no porque realmente quisiera saberlo, sino porque el Dodo había hecho una pausa como si pensase que *alguien* iba a hablar, pero nadie parecía dispuesto a hacerlo.

—¡Qué más da! —dijo el Dodo—, la mejor forma de explicar una cosa es hacerla. (Por si alguno desea intentarlo algún día de invierno, os diré cómo se las apañó el Dodo).

Primero, marcó la pista de carreras como una especie de círculo («no importa la forma exacta», dijo) y, entonces, todo el grupo se colocó, acá y allá, a lo largo de la pista. Nadie dijo «¡un, dos, tres, ya!», sino que todos empezaban a correr cuando querían y se paraban cuando les apetecía, así que no era fácil saber cuándo terminaría la carrera. Sin embargo, cuando llevaban corriendo alrededor de media hora y ya estaban bastante secos, el Dodo gritó de repente:

—¡Se acabó la carrera!

Todos se agruparon alrededor de él, jadeando y preguntando:

—¿Pero quién ha ganado?

El Dodo no podía contestar a esta pregunta sin pensarlo despacio, y, mientras el resto esperaba en silencio, se sentó durante mucho rato con un dedo apoyado en la frente (posición en la que normalmente puede verse a Shaskespeare en sus retratos). Finalmente, el Dodo dijo:

—*Todos* hemos ganado y debemos tener nuestros premios.

—Pero, ¿quién va a dar los premios? —preguntaron todos a coro.

—*Ella,* naturalmente —contestó el Dodo señalando a Alicia, y todo el grupo se apretujó al instante a su alrededor, gritando con gran desorden:

—¡Premios! ¡Premios!

Alicia no sabía qué hacer y, desesperada, se metió la mano en el bolsillo y sacó una caja de confites (afortunadamente, no le había entrado agua salada), repartiéndolos como premio. Había, exactamente, uno para cada uno.

—Pero ella también debe recibir su premio —dijo el Ratón.

—Desde luego —contestó seriamente el Dodo—. ¿Qué más tienes en el bolsillo? —continuó diciendo, dirigiéndose a Alicia.

—Sólo un dedal —dijo Alicia tristemente.

—Dámelo —le pidió el Dodo.

Entonces, todos se volvieron a arremolinar a su alrededor, mientras el Dodo, solemnemente, le ofrecía el dedal, diciendo:

—Te rogamos que aceptes este elegante dedal.

Y cuando hubo terminado este elegante discurso, todos aplaudieron.

Alicia pensó que aquello era muy absurdo, pero todos parecían tan serios que no se atrevió a reírse, y, como no sabía qué decir, simplemente hizo una reverencia y cogió el dedal, tratando de parecer lo más solemne posible.

Lo siguiente fue comerse los confites: esto creó cierta confusión y ruido, porque los pájaros grandes se quejaban de que los suyos no sabían a nada, y los pequeños se atragantaban y había que darles golpecitos en la espalda. Sin embargo, por fin terminaron y todos se sentaron en círculo y le pidieron al Ratón que les contase algo más.

—Me prometiste que me ibas a contar tu historia —dijo Alicia— y por qué odias tanto a los G. y los P. —añadió en voz baja, medio temerosa de que él se ofendiese de nuevo.

—¡Mi historia traerá larga y triste cola! —dijo el Ratón, suspirando y volviéndose a Alicia.

—Realmente *es* una cola larga, —dijo Alicia, mirando asombrada la cola del Ratón—; pero ¿por qué dices que es triste? Y mientras el Ratón hablaba, ella seguía mirando desconcertada, por lo que la idea de la historia que ella se imaginó fue algo así:

FURIA Y EL RATÓN

Furia dijo a un
ratón, que se
encontró en la
casa:
«Iremos
a un tribunal:
Voy a acusarte.
Vamos, no
puedes negarte;
Debemos
tener un juicio:
porque
esta mañana
no tengo
nada que hacer».
Dijo el ratón
al perro: «Ese juicio,
estimado señor,
sin un juez o
un jurado,
sería derrochar
nuestro aliento».
El viejo Furia,
enfadado, contestó:
«Yo veré
toda la causa
y te condenaré
a la pena capital».

—¡No me estás escuchando! —dijo severamente el Ratón a Alicia—. ¿En qué piensas?

—Lo siento —dijo humildemente Alicia—. Creo que ibas por la quinta curva, ¿no?

—¡Vaya nudo que te has hecho! —gritó el Ratón enfadado.

—¿Un nudo? —dijo Alicia, siempre dispuesta a ser útil y mirando nerviosa a su alrededor—. ¡Oh, déjame ayudarte a deshacerlo!

—¡Nada de eso! —dijo el Ratón, poniéndose de pie y alejándose—. Me insultas cuando dices todas esas tonterías.

—¡No quería hacerlo! —imploró la pobre Alicia—, pero, ¡te ofendes tan fácilmente...!

El Ratón gruñó como respuesta.

—Por favor, vuelve y termina tu historia —le llamó Alicia. Todos los demás se unieron a ella y dijeron a coro:

—¡Sí, por favor!

Pero el Ratón sólo sacudió la cabeza con impaciencia y comenzó a andar más deprisa.

—¡Qué pena que no se quede con nosotros! —suspiró el Loro tan pronto como le perdieron de vista.

Una vieja mamá Cangrejo aprovechó la ocasión para decirle a su hija:

—Cariño, que esto te sirva de lección para no perder nunca la paciencia.

—¡Calla la boca, mamá! —contestó la joven rápidamente—. ¡Tú eres capaz de poner a prueba hasta la paciencia de una ostra!

—¡Ojalá nuestra Dinah estuviese aquí! —dijo Alicia en voz alta sin dirigirse a nadie en particular—. ¡Qué pronto le traería de vuelta!

—Y, ¿quién es Dinah, si no es indiscreción? —preguntó el Loro.

Alicia respondió con entusiasmo, porque siempre estaba dispuesta a hablar de su gata:

—Dinah es nuestra gata. ¡No podéis ni imaginar lo buena que es cazando ratones! Ojalá pudieseis verla detrás de los pájaros, ¡los atrapa tan pronto como les echa la vista encima!

Sus palabras produjeron una tremenda confusión entre el grupo. Algunos pájaros se marcharon inmediatamente; una vieja Urraca comentó, mientras se arrebujaba cuidadosamente:

—Realmente debo irme a casa. El aire de la noche no es bueno para mi garganta.

Y un Canario, con voz temblorosa, llamó a sus crías:

—Vamos niños. ¡Ya es hora de que vayáis a la cama!

Todos se marcharon con algún pretexto y pronto Alicia se encontró completamente sola.

«¡Me gustaría no haber mencionado a Dinah!», se dijo tristemente. «¡Parece que no le gusta a nadie aquí abajo, pero yo estoy segura de que es la mejor gata del mundo! ¡Mi querida Dinah! ¡Me pregunto si nos volveremos a ver!». Y en ese momento la pobre Alicia rompió de nuevo a llorar, porque se sentía sola y deprimida. Sin embargo, al poco rato, volvió a oír a lo lejos el ruido de unos pequeños pasos. Ansiosa, levantó la vista con la esperanza de que el Ratón hubiera cambiado de idea y volviera para terminar su historia.

CAPÍTULO IV

El Conejo envía al pequeño Bill

Era el Conejo Blanco, que regresaba saltando despacito y mirando ansiosamente a su alrededor, como si hubiese perdido algo. Alicia le oyó murmurar:

—¡La Duquesa! ¡La Duquesa! ¡Ay, mis queridas patas! ¡Ay, mi piel y mis bigotes! ¡Me ejecutará, tan seguro como que un hurón es un hurón! ¿Me pregunto dónde se me habrán caído?

En ese instante, Alicia adivinó que el Conejo estaba buscando el abanico y el par de guantes de cabritilla blancos y, con gran diligencia, se puso a buscarlos, pero no los veía por ningún sitio. Todo parecía haber cambiado desde que se cayó al charco, y la gran sala, con la mesa de cristal y la puertecita, había desaparecido por completo.

Muy pronto el Conejo se dio cuenta de la presencia de Alicia, que seguía buscando, y la llamó enfadado:

—¡Eh, Mary Ann! ¿Qué estás haciendo aquí fuera? ¡Corre a casa ahora mismo y tráeme un par de guantes y un abanico!

Alicia estaba tan asustada que salió disparada en la dirección que señalaba el Conejo, sin tratar de explicarle su error.

«Me ha confundido con su criada», se dijo mientras corría. «¡Qué sorpresa se va a llevar cuando averigüe quién soy! Pero mejor será que le lleve sus guantes y su abanico; bueno, si soy capaz de encontrarlos». Mientras decía esto, llegó ante una casita muy limpia, que tenía una placa de bronce en la puerta con la inscripción «C. Blanco». Entró sin llamar y corrió escaleras arriba por miedo a encontrarse con la verdadera Mary Ann, por si acaso esta la echaba de la casa antes de encontrar el abanico y los guantes.

«¡Qué raro es esto de hacerle recados a un conejo!», se dijo Alicia. «¡Seguro que Dinah también me mandará hacerle recados a ella!». Y empezó a imaginarse lo que podía ocurrir:

—¡Señorita Alicia! ¡Ven aquí ahora mismo y prepárate para salir! ¡Un momento, señorita! ¡Debo vigilar esta ratonera hasta que Dinah vuelva para que no se salga el ratón!

«¡Solo que no creo», siguió Alicia, «que en casa permitan que Dinah se ponga a dar órdenes a todo el mundo!».

Por entonces, Alicia había entrado en un cuartito muy ordenado que tenía una mesa al lado de la ventana y sobre esta (como ella esperaba) había un abanico y dos o tres pares de guantes; justo cuando iba a salir de la habitación, Alicia vio una botellita que estaba cerca del espejo. Esta vez no había ninguna etiqueta con la palabra «bébeme», pero, a pesar de todo, Alicia la descorchó y se la llevó a los labios. «Cada vez que bebo o como, ocurre *algo* interesante», se dijo, «así que veamos qué hace esta botella. ¡Espero que me haga crecer de nuevo, porque ya estoy bastante harta de ser tan pequeñita!».

Así ocurrió, sin duda, y mucho antes de lo que ella se esperaba. Antes de haberse bebido la mitad de la botella, Alicia sintió que se daba con la cabeza en el techo y tuvo que agacharse para evitar romperse el cuello. Rápidamente dejó la botella, diciéndose: «¡Ya es suficiente! Espero no crecer más, porque ya no puedo ni pasar por la puerta. ¡Ojalá no hubiese bebido tanto!».

¡Ay, ya era demasiado tarde! Siguió creciendo y creciendo y muy pronto tuvo que ponerse de rodillas. En un minuto ya no tuvo espacio ni para eso; entonces probó a tumbarse con un codo apoyado en la puerta y el otro brazo sobre la cabeza. Pero, a pesar de todo, siguió creciendo. Como último recurso, sacó un brazo por la ventana y metió un pie en la chimenea y dijo:

—Pase lo que pase, ya no puedo hacer nada más. ¿Qué va a ser de mí?

Por suerte para ella, la botellita mágica ya había hecho efecto completamente, y Alicia no creció más. A pesar de todo, estaba muy incómoda y, como parecía que no iba a poder salir de la habitación nunca más, no es extraño que se sintiese desgraciada.

«Estaba mucho mejor en casa», pensó Alicia, «donde no crecía y menguaba todo el tiempo, ni recibía órdenes de ratones y conejos. ¡Ojalá nunca hubiese bajado por la madriguera! Pero, a pesar de todo, esta clase de vida... ¡es curiosa! ¿Qué puede haberme ocurrido? Cuando leía cuentos, me imaginaba que este tipo de cosas nunca pasaban y, ahora, ¡aquí estoy metida en una de ellas! ¡Debería escribirse un libro sobre mí! ¡Desde luego! Cuando crezca, lo escribiré... Aunque ahora ya he crecido», añadió tristemente; «por lo menos aquí ya no hay sitio para que crezca más».

«Pero, entonces...», pensó Alicia, «¿nunca seré mayor de lo que soy ahora? Bueno, en cierto modo es un alivio (nunca seré una mujer vieja), pero ¡siempre tendría que estudiar lecciones! ¡Oh, eso no me gusta nada!».

«¡Oh, qué tonta eres Alicia», se contestó a sí misma. «¿¿Cómo vas a poder estudiar aquí dentro? ¡Si casi no hay sitio para *ti*, mucho menos habrá para los libros!».

—¡Mary Ann! ¡Mary Ann! —llamó una voz—. ¡Tráeme ahora mismo los guantes!

Entonces se oyeron unas pequeñas pisadas por las escaleras. Alicia sabía que era el Conejo, que venía a buscarla, y tembló hasta que sacudió la casa, olvidando completamente que ahora era mil veces más grande que el Conejo y que no tenía por qué tenerle miedo.

Pronto el Conejo llegó a la puerta y trató de abrirla, pero, como se abría hacia adentro y el codo de Alicia estaba apoyado con fuerza contra ella, fracasó en el intento. Alicia le oyó decir:

—Daré la vuelta y entraré por la ventana.

«¡No podrás hacer *eso*!», pensó Alicia y, después esperó hasta que supuso que el Conejo estaba justo debajo de la ventana, alargó de repente la mano e intentó agarrarlo. No lo logró, pero oyó un pequeño grito, una caída y el ruido de cristales al romperse, por lo que llegó a la conclusión de que probablemente el Conejo se había caído sobre un invernadero de pepinos, o sobre algo parecido.

Después oyó una voz enfadada, la del Conejo:

—¡Pat! ¡Pat! ¿Dónde estás?

Y entonces una voz que nunca había oído antes:

—¡Aquí, señoría, excavando en busca de manzanas!

—¡Claro, excavando en busca de manzanas! —gritó el Conejo enfadado—. ¡Ven ahora mismo y ayúdame a salir de *aquí!* (Más ruido de cristales rotos.)

—Ahora dime, Pat, ¿qué hay en la ventana?

—Sin duda, un brazo, señoría. (Él pronunció «brrraso».)

—¡Un brazo, payaso! ¿Quién ha visto alguna vez un brazo de ese tamaño? ¡Si ocupa toda la ventana!

—Desde luego, señoría. Pero, a pesar de todo, es un brazo.

—Bueno, pero no tiene nada que hacer ahí. ¡Ve y quítalo!

Hubo un largo silencio tras esta conversación y Alicia sólo podía oír algún murmullo de cuando en cuando, como por ejemplo:

—¡Cierto, señoría, no me gusta nada, nada en absoluto!

—¡Haz lo que te digo, cobarde!

Hasta que Alicia estiró su mano de nuevo y trató de agarrarlos otra vez. En esta ocasión hubo *dos* pequeños chillidos y más ruido de cristales rotos. «¡Qué cantidad de invernaderos para los pepinos debe haber ahí!», pensó Alicia. «Me pregunto qué harán ahora. Si lo que quieren es empujarme por la ventana, ¡ojalá *puedan!* ¡Ya estoy harta de estar aquí dentro tanto tiempo!».

Esperó durante un rato sin oír nada más. Por fin escuchó el traqueteo de las ruedas de un carrito y el sonido de muchas voces que hablaban a la vez. Captó las palabras:

—¿Dónde está la otra escalera? ¡Oye, yo sólo tenía que traer una! Bill tiene la otra. ¡Bill! ¡Tráela aquí, chico! ¡Aquí, ponlas en la esquina! ¡No, átalas primero! ¡Aún no llegan ni a la mitad! ¡Oh, ya vale; no seas tan exigente! ¡Aquí Bill, agárrate a esta cuerda! ¿Aguantará el tejado? ¡Cuidado con esa teja suelta! ¡Oh, se está cayendo! ¡Agachaos!

Se oyó un fuerte ruido.

—A ver, ¿quién ha hecho eso? ¡Creo que fue Bill! ¿Quién va a bajar por la chimenea? ¡No, yo no! ¡Lo harás *tú*! ¡Eso no lo haré yo! ¡Bill va a bajar! ¡Ven aquí Bill, el amo dice que tienes que bajar por la chimenea!

«¡Oh! Así que Bill va a bajar por la chimenea», se dijo Alicia. «¿Por qué todo se lo encargan a Bill? No me gustaría nada estar en su lugar: esta chimenea es estrecha, seguro; pero creo que podré dar alguna patada».

Metió su pie en la chimenea tanto como pudo y esperó hasta que oyó al pequeño animal (no sabía de qué clase se trataba), arañando las paredes y escurriéndose por la chimenea justo encima de ella. «Este es Bill», se dijo. Entonces dio una fuerte patada y esperó a ver lo que ocurría.

Lo primero que oyó fue un coro de voces:

—¡Ahí va Bill!

—Después sólo la voz del Conejo:

—¡Recogedlo, junto a la valla! Luego, silencio y, seguidamente, otra confusión de voces:

—¡Sujetadle la cabeza! ¡Traed coñac! ¡Que no se atragante! ¿Qué tal, amigo? ¿Qué te pasó? ¡Cuéntanos todo lo que ha ocurrido!

Por fin se oyó una vocecita débil y chillona («¡Ese es Bill!», pensó Alicia).

—¡Bueno, apenas me enteré...! Nada más, muchas gracias. Ya me encuentro mejor..., pero todavía estoy demasiado nervioso para contaros. Lo único que sé es que algo me atacó y que, como en una caja de sorpresas, salí disparado como un cohete.

—¡Desde luego, amigo! —dijeron los demás.

—¡Debemos quemar la casa! —propuso el Conejo. Al oír eso, Alicia gritó tan fuerte como pudo:

—¡Si hacéis eso, lanzaré a Dinah contra vosotros!

Al instante se hizo un silencio mortal y Alicia pensó: «¡Me pregunto qué harán ahora! Si fuesen un poco sensatos, quitarían el tejado».

Tras uno o dos minutos, empezaron a moverse otra vez y Alicia oyó decir al Conejo:

—Para empezar, será suficiente con una carretilla llena.

«¿Llena de *qué?*», pensó Alicia. Pero pronto sus dudas se despejaron, porque en ese momento una lluvia de piedrecitas sacudió la ventana y algunas le dieron en la cara. «¡Voy a acabar con esto ahora mismo!», se dijo y gritó:

—¡Mejor será que no volváis a hacer eso otra vez! De nuevo, hubo un silencio mortal.

Alicia, sorprendida, se dio cuenta de que, tan pronto como caían al suelo, las piedrecitas se transformaban en pastelitos y se le ocurrió una gran idea: «Seguro que si me como uno de estos pasteles, se producirá algún cambio en mi tamaño», pensó. «Supongo que, como no puedo crecer más, me harán más pequeña». Así que se tragó uno de los pasteles y, encantada, observó que empezaba a encoger rápidamente. Tan pronto como fue lo suficientemente pequeña como para caber por la puerta, salió corriendo de la casa y allí se encontró con una multitud de animalitos y pájaros esperándola. Bill, la pobre lagartija, estaba en medio de ellos sostenida por dos conejos de Indias, que le estaban dando algo de una botella. En el momento en que Alicia apareció, todos se abalanzaron sobre ella. Pero ella corrió tan deprisa como pudo y pronto se encontró a salvo en un frondoso bosque.

«Lo primero que debo hacer», se iba diciendo Alicia mientras corría por el bosque, «es volver a recuperar mi tamaño normal, y, lo segundo, encontrar el camino hacia aquel precioso jardín. Creo que ese es el mejor plan».

Sin duda, parecía un plan excelente, sencillo y muy claro. El único problema era que no tenía ni la menor idea de cómo llevarlo a cabo. Y mientras miraba entre los árboles con ansiedad, un pequeño y agudo ladrido, que oyó justo encima de su cabeza, hizo que alzase la mirada rápidamente. Un enorme cachorro de perro, de grandes ojos redondos, la estaba mirando y, estirando suavemente una pata, trataba de tocarla. «¡Pobrecito!», dijo Alicia con voz mimosa, e intentó silbarle. Pero estaba tan asustada que pensó que quizá el perrito tendría hambre y, en ese caso, sería muy probable que se la comiese a pesar de todos sus mimos. Sin saber muy bien lo que estaba haciendo, Alicia cogió un palito y se lo tendió al cachorro. Inmediatamente el perrito saltó sobre sus cuatro patas dando un ladrido de alegría y se abalanzó sobre el palito, como si fuese a por él. Entonces Alicia se ocultó detrás de un gran cardo para evitar que la atropellara. En el momento en que ella apareció por el otro lado, el perro trató de nuevo de morder el palo y, con las prisas, dio una voltereta. Entonces, pensando que aquello era como jugar con un caballo de tiro y temiendo que el perrito la aplastase con sus patas, dio la vuelta al cardo otra vez. En ese momento el cachorro empezó a cargar contra el palo, corriendo cada vez, un poco hacia adelante y mucho hacia atrás, y ladrando todo el tiempo hasta desgañitarse, hasta que al final se sentó lejos, jadeante, con la lengua fuera y sus grandes ojos medio cerrados.

Esta le pareció a Alicia una gran oportunidad para escapar. Así que salió inmediatamente y corrió hasta quedarse sin aliento, mientras el ladrido del perrito se desvanecía lejos, en la distancia.

—Y a pesar de todo, ¡qué perrito tan rico! —dijo Alicia, apoyándose en una campanilla para descansar, mientras se abanicaba con una de sus hojas—. Me habría encantado enseñarle a hacer trucos, si... si hubiese tenido el tamaño adecuado para hacerlo! ¡Dios mío! ¡Casi olvido que tengo que crecer otra vez! Veamos, ¿cómo voy a apañármelas? Supongo que debería comer o beber algo, pero la cuestión es ¿qué?

Realmente la gran cuestión era ¿qué? Alicia miró las flores y las briznas de hierba que tenía alrededor, pero no encontró nada que fuese apropiado para comer o beber en esas circunstancias. Cerca de ella crecía una gran seta, que era más o menos de su altura, y, tras buscar por debajo, a ambos lados y detrás de ella, se le ocurrió que sería buena idea ver qué había encima.

Se puso de puntillas y echó una ojeada por el borde de la seta. Inmediatamente sus ojos se encontraron con los de una gran oruga azul que estaba sentada encima de la seta, con los brazos cruzados, fumando tranquilamente un gran narguile, sin prestar atención ni a Alicia ni a ninguna otra cosa.

CAPÍTULO V

El consejo de una Oruga

Alicia y la Oruga se miraron en silencio durante un rato. Por fin, la Oruga se quitó el narguile de la boca y se dirigió a ella con voz lánguida y soñolienta:

—¿Quién eres *tú?* —dijo la Oruga.

Esta pregunta no era muy prometedora para iniciar una conversación. Un poco avergonzada, Alicia contestó:

—Yo... ahora, casi ni lo sé, señora. Al menos, sé quién *era* cuando me levanté esta mañana, pero creo que he cambiado varias veces desde entonces.

—¿Qué quieres decir con eso? —dijo severamente la Oruga—. ¡Explícate!

—Me temo que no puedo explicármelo ni yo misma, señora —dijo Alicia—, porque, como ve, yo ya no soy yo misma.

—No, no veo —dijo la Oruga.

—Me temo que no puedo decírselo más claro —contestó Alicia muy educada—, porque, para empezar, ni yo misma lo entiendo. Y además es bastante confuso cambiar tanto de tamaño el mismo día.

—No, no lo es —dijo la Oruga.

—Bueno, quizá a usted todavía no se lo parezca —dijo Alicia—, pero cuando se convierta en crisálida..., ya sabe usted que ese día llegará..., y después en mariposa, supongo que todo le parecerá un poco raro, ¿no?

—En absoluto —contestó la Oruga.

—Bien, quizá usted ve las cosas de otra manera —dijo Alicia—. Lo único que sé es que a *mí* sí me parecería extraño.

—¡A ti! —dijo la Oruga con desprecio—, y ¿quién eres *tú?*

Esto les condujo de nuevo al principio de la conversación. Alicia estaba un poco irritada por las tajantes observaciones de la Oruga y, estirándose, le preguntó seriamente:

—Creo que primero debería decirme quién es *usted.*

—¿Por qué? —dijo la Oruga.

He aquí otra pregunta desconcertante, y como Alicia no encontraba ninguna razón válida que darle y la Oruga parecía estar de un humor *muy* desagradable, se dio la vuelta.

—¡Vuelve! —la llamó la Oruga—. ¡Tengo algo importante que decirte!

Esto sonaba bastante más prometedor, así que Alicia se dio media vuelta y regresó.

—Mantén la calma —dijo la Oruga.

—¿Eso es todo? —dijo Alicia, conteniendo como podía el enfado.

—No —dijo la Oruga.

Alicia pensó que, como no tenía nada que hacer, podía esperar, y quizá después de todo la Oruga le dijese algo que mereciese la pena. Durante unos minutos, la Oruga siguió fumando sin decir nada, pero por fin estiró los brazos, se quitó el narguile de la boca y dijo:

—Así que tú piensas que has cambiado, ¿no es así?

—Me temo que así es, señora —dijo Alicia—. No puedo recordar las cosas como antes... y no tengo el mismo tamaño durante diez minutos seguidos.

—¿*Qué* cosas no puedes recordar? —preguntó la Oruga.

—Bueno, intenté recitar ¿*Qué hace la ocupada abejita?*, pero me salió diferente, —contestó Alicia tristemente.

—¡Repite!: «Tú eres viejo, padre Guillermo», —dijo la Oruga.

Alicia se cruzó de brazos y comenzó a recitar:

«Tú eres viejo, padre Guillermo», dijo el joven,
*   «y tu pelo se ha puesto blanco.*
¿Te parece bien, a tu edad,
*   estar constantemente cabeza abajo».*

«En mi juventud», contestó el padre Guillermo a su hijo,
*   «temía que esto pudiese dañarme el cerebro;*
pero, ahora que sé que no tengo ninguno,
*   sigo constantemente haciéndolo».*

«Eres viejo», dijo el joven, «como ya te he dicho antes,
*   y te has puesto extremadamente gordo;*
pero a pesar de todo, ¿por qué en la puerta
*   haces un salto mortal?»*

«En mi juventud», dijo el hombre sabio sacudiendo sus rizos grises,
*   «para mantenerme flexible*
utilizaba este ungüento, a un chelín la caja,
*   ¿puedo venderte un par de ellas?»*

«Eres viejo», dijo el joven, «y tus mandíbulas están muy débiles
*   para mascar algo más duro que el sebo;*

a pesar de ello te acabaste el ganso, con pico y con huesos,
   ¿cómo te las apañaste para hacerlo?»

«En mi juventud», dijo el padre, «me aficioné a las leyes
   y discutía cada caso con mi esposa,
y la fuerza que esto dio a los músculos de mi mandíbula
   se ha mantenido toda mi vida».

«Eres viejo», dijo el joven, «y uno podría suponer
   que tu vista no es tan buena como antes;
a pesar de eso, consigues mantener en equilibrio sobre tu nariz
                                    [una anguila,
   ¿qué te ha hecho ser tan terriblemente inteligente?»

«Ya he contestado a tres preguntas y es suficiente»,
   dijo el padre; «¡no te des aires!
¿Crees que puedo escuchar estas tonterías durante todo el día?
   ¡Lárgate de aquí o te echaré a patadas por las escaleras!»

—No lo has recitado bien —dijo la Oruga.

—Me temo que no *demasiado* bien —dijo Alicia tímidamente—, he cambiado algunas palabras.

—Está mal de principio a fin —respondió decididamente la Oruga, y durante unos minutos hubo silencio.

La Oruga fue la primera en hablar:

—¿De qué tamaño quieres ser? —preguntó.

—¡Ah, no soy muy exigente por lo que se refiere a la altura —contestó Alicia apresuradamente—; es sólo que no me gusta cambiar tanto de tamaño ¿sabe?

—No, *no* sé —dijo la Oruga.

Alicia no dijo nada. Nunca en su vida la habían contradicho tanto y sentía que estaba perdiendo la paciencia.

—¿Estás contenta ahora? —preguntó la Oruga.

—Bueno, me gustaría ser un *poquito* más grande, señora, si a usted no le importa —dijo Alicia—: medir tres pulgadas es tan horrible...

—¡Por supuesto que no! ¡Es una altura perfecta! —dijo la Oruga enfadada, estirándose mientras hablaba (medía exactamente tres pulgadas).

—¡Pero yo no estoy acostumbrada! —suplicó la pobre Alicia con voz lastimera. Y pensó para sus adentros: «¡Ojalá estos animalitos no se ofendiesen tan fácilmente!»

—Con el tiempo te acostumbrarás a ella —dijo la Oruga y se puso el narguile en la boca y empezó a fumar de nuevo.

Esta vez Alicia esperó pacientemente a que la Oruga empezase a hablar de nuevo. Durante uno o dos minutos, la Oruga se sacó el narguile de la boca, bostezó un par de veces y se estiró. Entonces se bajó de la seta y empezó a arrastrarse por la hierba, diciendo mientras se alejaba:

—Un lado te hará crecer y el otro te hará menguar.

«¿Un lado de *qué*? ¿El otro lado de *qué*?», pensó Alicia.

—De la seta —dijo la Oruga, como si ella hubiese formulado estas preguntas en voz alta. En un instante, había desaparecido.

Alicia se quedó mirando pensativa la seta durante un minuto, tratando de averiguar cuáles eran sus dos lados. Como la seta era redonda, esta cuestión le pareció muy difícil de resolver. Sin embargo, al final, estiró los brazos rodeándola y con cada mano rompió un trocito del borde.

«Y ahora ¿cuál es cuál?», se dijo y probó un poquito del trocito que tenía en la mano derecha para comprobar su efecto. De pronto, sintió un fuerte golpe bajo la barbilla: ¡se había golpeado sus pies!

Aunque estaba muy asustada por este repentino cambio, se dio cuenta de que no había tiempo que perder, porque se estaba encogiendo rápidamente. Así que, inmediatamente, se puso a comer del otro trozo. Su barbilla estaba tan pegada a sus pies, que apenas tenía espacio para abrir la boca, pero por fin lo logró y consiguió tragar un bocado del trozo que tenía en la mano izquierda.

* * *

—¡Vaya, por fin mi cabeza está libre! —dijo Alicia en un tono de satisfacción que en un momento se tornó en alarma al descubrir que no podía encontrar sus hombros por ningún sitio: lo único que podía ver, cuando miraba hacia abajo, era un cuello tremendamente largo, que parecía elevarse como una caña en el mar de hojas verdes que había lejos por debajo de ella.

—¿Qué será todo este verde? —dijo Alicia—. ¿Dónde se han metido mis hombros? ¡Ay, mis pobres manos! ¿Cómo es que no puedo veros?

Alicia las estaba moviendo mientras hablaba, pero el único resultado que obtenía era un imperceptible movimiento entre las hojas verdes que había debajo de ella.

Como no parecía haber ninguna posibilidad de llevarse las manos a la cabeza, trató de acercar la cabeza a las manos y, con gran alegría, descubrió que su cuello podía doblarse fácilmente en cualquier dirección, como una serpiente.

Ya había logrado doblarlo en un gracioso zigzag y casi lo había metido entre las hojas —que, según descubrió, no eran sino las copas de los árboles por entre los que había estado andando—, cuando un agudo chillido la hizo retroceder apresuradamente. Una gran paloma se había lanzado contra su cara y la estaba golpeando violentamente con las alas.

—¡Serpiente! —gritó la Paloma.

—¡Yo *no* soy una serpiente! —respondió Alicia indignada—. ¡Déjame en paz!

—¡Te digo que eres una serpiente! —repitió la Paloma en un tono más suave y, con una especie de sollozo, añadió—: ¡He probado todo y parece que nada les agrada!

—¡No tengo ni la menor idea de lo que estás hablando! —dijo Alicia.

—¡He probado las raíces de los árboles, las orillas y los setos —siguió diciendo la Paloma sin escucharla—, pero... esas serpientes! ¡No les agrada nada!

Alicia estaba cada vez más confundida, pero pensó que no merecía la pena decir nada hasta que la Paloma hubiera terminado.

—¡Como si no fuese suficiente con incubar los huevos! —dijo la Paloma—. ¡Además hay que estar día y noche vigilando a las serpientes! ¡No he dormido nada durante tres semanas!

—Siento que esté usted enfadada —dijo Alicia, que empezaba a comprender todo aquello.

—Y justo cuando elijo el árbol más alto del bosque —continuó la Paloma, alzando la voz hasta dar un chillido—, justo cuando pensaba que ya me había librado de ellas, ¡viene una deslizándose desde el cielo! ¡Uf, serpiente!

—¡Te repito que yo no soy una serpiente —dijo Alicia—. Soy una..., soy una...

—Bueno, ¿*qué* eres? —preguntó la Paloma—. ¡Veo que estás tratando de inventártelo!

—Yo... soy una niña —dijo Alicia, un poco insegura al recordar la cantidad de veces que había cambiado aquel día.

—¡Eso es un cuento! —dijo la Paloma con el más profundo desprecio—. He visto muchas niñas en mi vida, pero ¡nunca he visto *una* con semejante cuello! ¡No puede ser! Tú eres una serpiente y de nada va a servirte negarlo. ¡Supongo que ahora me dirás que nunca has probado un huevo!

—¡Por supuesto que he comido huevos! —dijo Alicia, que era una niña muy sincera—. Pero ya sabe usted que las niñas comen huevos igual que las serpientes.

—No me lo creo —dijo la Paloma—. Pero si lo hacen, lo único que puedo decir es que son un tipo de serpientes.

Esta idea era tan nueva para Alicia que, durante un minuto o dos, permaneció en silencio. Esto le dio a la Paloma la oportunidad de añadir:

—Sé *perfectamente* que tú estás buscando huevos, así que, ¿qué más da que seas una niña o una serpiente?

—¡A *mí* me importa muchísimo! —contestó Alicia rápidamente—. pero resulta que no estoy buscando huevos. Y si lo estuviese, no querría los *tuyos:* ¡no me gustan los huevos crudos!

—¡Bueno, entonces, lárgate! —dijo la Paloma enfadada, mientras volvía a colocarse en su nido. Alicia se agachó entre los árboles como pudo, porque su cuello se quedaba enredado entre las ramas y a cada momento tenía que detenerse para desenredarlo. Al cabo de un rato recordó que todavía tenía en las manos los trozos de seta y, con mucho cuidado, se puso a mordisquear primero uno y luego otro, creciendo unas veces y encogiéndose otras, hasta que logró recuperar su estatura normal.

Hacía tanto tiempo que no tenía ese tamaño que al principio le pareció bastante extraño, pero en unos minutos se adaptó a él y, como siempre, empezó a hablar sola:

—Bien, ¡ya he conseguido llevar a cabo la mitad de mi plan! ¡Qué extraños son estos cambios! ¡Nunca estoy segura de cómo voy a ser al minuto siguiente! Sin embargo, ahora que he recuperado mi tamaño normal lo siguiente es entrar en ese precioso jardín. Me pregunto cómo voy a lograrlo...

Mientras decía esto, llegó de pronto a un claro, donde había una casita de unos cuatro pies de altura. «Sea quien sea el que vive aquí», pensó Alicia, «es imposible que me vea con *este* tamaño. ¡Se moriría del susto!». Así que empezó a mordisquear el trozo que tenía en la mano derecha y no se aventuró a acercarse hasta la casa hasta que redujo su tamaño a nueve pulgadas.

CAPÍTULO VI

Cerdo y pimienta

Durante unos minutos Alicia se quedó ante la casa, observándola y preguntándose qué podía hacer a continuación, cuando de repente un lacayo vestido de librea salió del bosque (ella pensó que era un lacayo porque llevaba librea, ya que, a juzgar por su cara, le habría llamado pez) y golpeó fuerte con sus nudillos en la puerta. Otro lacayo de librea, que tenía una cara redonda y grandes ojos redondos como los de una rana, la abrió. Alicia observó que ambos llevaban empolvado el pelo rizado que les cubría toda la cabeza. Sintió curiosidad por saber qué pasaba y se arrastró un poco fuera del bosque para escuchar.

El Lacayo Pez empezó sacando de debajo del brazo una enorme carta, casi tan grande como él, y se la dio al otro, diciendo con voz solemne:

—Para la Duquesa. Una invitación de la Reina para jugar al cróquet.

El Lacayo Rana repitió esto, con una voz igualmente solemne, sólo que cambiando un poco el orden de las palabras:

—De la Reina. Una invitación para la Duquesa para jugar al cróquet.

Entonces ambos hicieron una reverencia y sus rizos se enredaron.

Esto le hizo tanta gracia a Alicia que tuvo que regresar al bosque por miedo a que la oyesen reír, y, cuando asomó la cabeza otra vez, el Lacayo Pez se había ido y el otro estaba sentado en el suelo, cerca de la puerta, mirando estúpidamente al cielo.

Alicia se acercó tímidamente a la puerta y llamó.

—Es inútil que llames —dijo el Lacayo—, por dos razones. Primera, porque yo estoy en el mismo lado de la puerta que tú. Segunda, porque dentro están haciendo tanto ruido que es imposible que te oigan. Y en efecto había un estruendo extraordinario dentro, constantes aullidos y estornudos, y de cuando en cuando, un gran estallido, como si se rompiese un plato o una cazuela.

—Por favor, ¿cómo voy a entrar entonces? —dijo Alicia.

—Puede que llamar a la puerta tuviera algún sentido —siguió diciendo el Lacayo sin hacerle caso—, si hubiese una puerta entre nosotros. Por ejemplo, si tú estuvieses *dentro,* podrías llamar y yo podría dejarte salir.

Mientras estaba hablando, el Lacayo miraba continuamente al cielo, y, sin duda, esto le parecía a Alicia una falta de educación. «Pero quizá no puede evitarlo», se dijo, «al tener los ojos tan en lo alto de la cabeza». De todas formas, podía contestar cuando le preguntan: «¿Cómo voy a entrar?», repitió en voz alta.

—Voy a estar aquí sentado hasta mañana... —observó el Lacayo.

En ese momento la puerta se abrió y un enorme plato salió volando directamente hacia la cabeza del Lacayo. Le pasó rozando la nariz y luego se rompió al estrellarse contra uno de los árboles que había detrás de él.

—... O quizá, hasta pasado mañana —siguió diciendo el Lacayo sin inmutarse, como si no hubiera ocurrido nada.

—¿Cómo voy a entrar? —preguntó de nuevo Alicia alzando la voz.

—¿Es que *vas* realmente a entrar? —dijo el Lacayo—. Esta es la cuestión más importante, ya sabes.

Por supuesto que lo era, pero a Alicia no le gustaba que se lo dijeran.

—La forma de discutir de estos animales es realmente terrible —murmuró—. ¡Se vuelve una loca!

Al Lacayo esta le pareció una buena oportunidad para repetir la misma observación con algunas variaciones:

—Estaré sentado aquí a ratos durante días y días —dijo.

—Pero yo, ¿qué voy a hacer? —preguntó Alicia.

—Lo que tú quieras —dijo el Lacayo, y empezó a silbar.

—¡Oh, no tiene sentido hablar con él! —dijo Alicia desesperada—. ¡Es un completo idiota! Y abrió la puerta y entró.

La puerta conducía directamente a una gran cocina que estaba llena de humo. La Duquesa estaba sentada en un taburete de tres patas en el centro de la habitación, meciendo a un niño. La cocinera se inclinaba sobre el fogón, revolviendo un enorme caldero que parecía estar lleno de sopa.

—¡Realmente hay demasiada pimienta en esa sopa! —se dijo Alicia sin dejar de estornudar.

La verdad es que había demasiada pimienta en el aire. Incluso la Duquesa estornudaba de cuando en cuando y el niño estornudaba y gritaba alternativamente sin parar ni un momento. La dos únicas criaturas en la cocina que no estornudaban eran la cocinera y un enorme gato que estaba sentado junto al hogar, sonriendo de oreja a oreja.

—Por favor —dijo Alicia un poco tímida, porque no estaba segura de si era educado hablar ella primero—, ¿podría decirme por qué sonríe así su gato?

—¡Es un gato de Cheshire —dijo la Duquesa—, y esa es la razón! ¡Cerdo!

Dijo esto con tal violencia que Alicia pegó un salto, pero al momento siguiente se dio cuenta de que iba dirigido al niño y no a ella; así que tomó aliento y continuó:

—No sabía que los gatos de Cheshire sonrieran siempre; de hecho, ni siquiera sabía que *pudieran* sonreír.

—Todos pueden —dijo la Duquesa—, y la mayoría lo hace.

—No conozco a ninguno que lo haga —dijo Alicia muy educada y bastante feliz de haber entrado en conversación.

—No sabes mucho que digamos —dijo la Duquesa.

A Alicia no le gustó nada el tono con que lo dijo y pensó que quizá sería mejor cambiar de tema. Mientras trataba de encontrar otro, la cocinera retiró el caldero de sopa del fuego y comenzó a tirarle a la Duquesa y al niño todo lo que tenía a su alcance: primero, los atizadores; después siguió una lluvia de ollas, fuentes y platos. La Duquesa no hizo ni caso, ni siquiera cuando le daban, y el niño ya estaba gritando tanto que era casi imposible saber si le hacían daño o no.

—¡Ay, por favor, tenga cuidado con lo que hace! —gritó Alicia saltando de un lado a otro aterrorizada—. ¡Ay, su preciosa nariz! —dijo Alicia al ver que una cacerola grandísima pasaba tan cerca de la nariz del niño que casi se la arranca.

—Si cada uno se ocupase de lo suyo —dijo la Duquesa con un gruñido—, el mundo iría mucho más deprisa de lo que va.

—Eso tampoco sería una ventaja —dijo Alicia muy contenta de tener una oportunidad para poder demostrar sus conocimientos—. ¡Piense sólo en el lío que se haría entre la noche y el día! Usted sabe que la tierra tarda veinticuatro horas en dar la vuelta sobre su eje...

—Hablando de ejecutar... —dijo la Duquesa—, ¡que le corten la cabeza!

Alicia miró con ansiedad a la cocinera para ver si ella se daba por aludida, pero esta estaba tan ocupada en remover la sopa que no parecía atender, así que siguió diciendo:

—Veinticuatro horas, *creo;* ¿o son doce? Yo...

—¡Ay, no me molestes! —dijo la Duquesa—. ¡Nunca he podido soportar los números. Y empezó a mecer al niño otra vez cantándole una especie de nana mientras decía esto y le sacudía al final de cada verso:

Habla duro a tu niño pequeño
y pégale si estornuda:
sólo lo hace por molestar
porque sabe que eso fastidia.

CORO
(a este se unieron la cocinera y el niño)

¡Uh! ¡Uh! ¡Uh!

Mientras la Duquesa entonaba la segunda estrofa de la canción, seguía meneando al bebé violentamente y el pobrecito chillaba tanto que Alicia apenas podía oír la letra:

Yo hablo con dureza a mi niño
y le pego cuando estornuda,
¡porque puede disfrutar completamente
de la pimienta, cuando le apetece!

CORO

¡Uh! ¡Uh! ¡Uh!

—¡Ven aquí! ¡Puedes mecerle un poco, si quieres! —dijo la Duquesa a Alicia tirándole el niño—. Yo debo ir a arreglarme para jugar al cróquet con la Reina —y salió a toda prisa de la habitación. La cocinera le tiró una sartén cuando salía, pero no le dio.

Alicia cogió al niño con dificultad, porque tenía una forma extraña y movía los brazos y las piernas hacia todos los lados, «igual que una estrella de mar», pensó Alicia. El pobrecito resoplaba como una locomotora cuando Alicia le cogió y se retorcía y se estiraba una y otra vez, así que, durante algunos minutos, se le hizo muy difícil sostenerlo.

Tan pronto como encontró la manera correcta de mecerlo (que era hacer de él una especie de nudo sujetándole fuerte la oreja derecha y el pie izquierdo para evitar que se desatara), lo sacó fuera. «Si no me llevo a este niño conmigo», pensó Alicia, «en uno o dos días lo matan. ¿Sería un crimen dejarlo?». Alicia dijo en voz alta estas últimas palabras y la pobre criatura gruñó como respuesta (ya había dejado de estornudar).

—¡No gruñas! —dijo Alicia—. Esa no es la manera correcta de expresarte.

El bebé gruñó otra vez y Alicia le observó con ansiedad para ver qué le ocurría. No había duda de que tenía una nariz *muy* respingona, mucho más parecida a un hocico que a una nariz de verdad. También sus ojos eran demasiado pequeños para ser de un niño. Todo eso hacía que a Alicia no le gustase nada su aspecto. «Quizá sólo estaba lloriqueando», pensó y le miró los ojos otra vez para ver si había lágrimas en ellos.

No, no había lágrimas.

—Cariño, si te vas a convertir en un cerdo —dijo Alicia seriamente—, no podré hacer nada contigo. ¡Cuidado entonces! La pobre criaturita sollozó de nuevo (o gruñó, era imposible saberlo) y durante un rato ambos siguieron en silencio.

Justo cuando Alicia empezaba a pensar «¿y qué voy a hacer con esta criatura cuando llegue a casa?», el bebé gruñó de nuevo, tan violentamente que ella, alarmada, volvió a mirarle la cara. Esta vez *no* podía haber ninguna duda: era, ni más ni menos, un cerdo y Alicia pensó que era absurdo llevarlo más tiempo en brazos.

Así que dejó a la criatura en el suelo y se sintió bastante aliviada al verle trotar hacia el bosque tranquilamente. «Si hubiese crecido», dijo para sí, «habría sido un niño feísimo; pero es un cerdo bastante guapo, creo yo». Y se puso a pensar en otros niños que conocía y que estarían bastante bien como cerdos «si uno supiese cómo transformarlos...». Y justo cuando pensaba esto, fue sorprendida por el Gato de Cheshire, que estaba subido a la rama de un árbol unos metros más allá.

Cuando vio a Alicia, el Gato sólo sonreía. «Parece alegre», pensó ella. Pero, a pesar de todo, tenía unas garras muy largas y muchos dientes muy grandes, así que decidió que mejor sería tratarlo con respeto.

—Gatito de Cheshire —empezó a decir un poco tímida, ya que no sabía si le gustaría que le llamase así. Pero él sólo sonrió más. «Bueno, le ha gustado», pensó Alicia y siguió diciendo:

—¿Podrías decirme, por favor, cuál es el camino para salir de aquí?

—Eso depende mucho de adónde quieras ir —dijo el Gato.

—No me importa mucho adónde... —dijo Alicia.

—Entonces, tampoco importa qué camino sigas —dijo el Gato.

—... Siempre que vaya a algún sitio —añadió Alicia explicándose.

—¡Ah, seguro que así es —dijo el Gato—, si andas lo suficiente!

Alicia se dio cuenta de que eso era innegable, así que probó con otra pregunta:

—¿Qué clase de gente vive por aquí?

—En esa dirección —dijo el Gato, moviendo la pata derecha—, vive un Sombrerero. Y en aquella, —dijo moviendo la otra pata—, vive una Liebre de Marzo. Puedes visitar al que quieras: ambos están locos.

—Pero yo no quiero estar entre locos —observó Alicia.

—¡Oh, eso no puedes evitarlo —dijo el Gato—: aquí estamos todos locos. Yo estoy loco. Tú estás loca.

—¿Cómo sabes que yo estoy loca? —preguntó Alicia.

—Debes estarlo —dijo el Gato—, o nunca habrías venido aquí.

Alicia pensó que esto no demostraba nada; sin embargo, continuó:

—¿Y cómo sabes que tú estás loco?

—Para empezar —dijo el Gato—, un perro no está loco, ¿cierto?

—Supongo —dijo Alicia.

—Bien —siguió diciendo el Gato—, tú sabes que un perro gruñe cuando se enfada y mueve la cola cuando está contento. Pues bien, yo gruño cuando estoy contento y muevo la cola cuando estoy enfadado. Por tanto, estoy loco.

—Yo a eso lo llamo ronronear, no gruñir —dijo Alicia.

—Llámalo como quieras —dijo el Gato—. ¿Vas a jugar al cróquet con la Reina hoy?

—Me gustaría mucho —dijo Alicia—, pero todavía no me han invitado.

—Allí nos veremos —dijo el Gato y desapareció.

Esto no sorprendió demasiado a Alicia, que ya se estaba acostumbrando a que ocurriesen cosas extrañas. Todavía estaba mirando al lugar donde había estado el Gato cuando, de repente, este apareció de nuevo.

—A propósito, ¿qué fue del niño? —dijo el Gato—. Casi se me olvida preguntártelo.

—Se convirtió en un cerdo —contestó Alicia tranquilamente, como si fuese algo de lo más normal.

—Sabía que sería así —dijo el Gato y desapareció de nuevo.

Alicia esperó un poco, con la esperanza de volver a verle, pero no apareció de nuevo y, pasados unos minutos, se puso a andar hacia donde le habían dicho que vivía la Liebre de Marzo. «He visto sombrereros antes», se dijo; «la Liebre de Marzo será mucho más interesante y quizá, como estamos en mayo, no esté tan loca... por lo menos no tan loca como en marzo». Mientras decía esto, miró hacia arriba y allí estaba el Gato, sentado en la rama de un árbol.

—¿Dijiste cerdo o higo? —dijo el Gato.

—Dije cerdo —contestó Alicia—. Me gustaría que no estuvieses todo el tiempo apareciendo y desapareciendo de repente. ¡Mareas a cualquiera!

—De acuerdo —dijo el Gato. Y esta vez se desvaneció despacio, empezando por la punta de su cola y terminando en su sonrisa, que siguió viéndose durante un rato después de que el resto hubo desaparecido por completo.

«¡Bueno! ¡Muchas veces he visto gatos sin sonrisa», pensó Alicia, «pero sonrisas sin gato! ¡Es lo más curioso que he visto en mi vida!».

No había andado mucho cuando divisó la casa de la Liebre de Marzo: pensó que sería esa, porque las chimeneas tenían forma de orejas y el tejado estaba cubierto de piel. Era una casa tan grande que, antes de acercarse, mordisqueó un poco más del trozo de seta que tenía en la mano derecha y creció así hasta unos dos pies de altura; entonces se acercó tímidamente a la casa, diciéndose: «¡Supongo que, después de todo, estará loca de atar! ¡Casi hubiera preferido ir a ver al Sombrerero!».

CAPÍTULO VII

Un té de locos

Delante de la casa había una mesa puesta, donde la Liebre de Marzo y el Sombrerero estaban tomando el té. El Lirón estaba sentado entre ambos, profundamente dormido, y los dos tenían los codos apoyados sobre él mientras hablaban por encima de su cabeza. «¡Qué incómodo para el Lirón!», pensó Alicia. «Aunque supongo que, como está dormido, no le molestará».

Aunque la mesa era grande, los tres estaban apiñados en una esquina.

—¡No hay sitio! ¡No hay sitio! —gritaron al ver aproximarse a Alicia.

—¡Hay espacio de sobra! —dijo Alicia indignada y se sentó en un enorme sillón en un extremo de la mesa.

—Toma un poco de vino —dijo la Liebre de Marzo en tono halagüeño.

Alicia buscó por la mesa, pero en ella sólo había té.

—No veo que haya vino —observó.

—No, no hay —dijo la Liebre de Marzo.

—Entonces, no es muy educado por su parte, ofrecerlo —dijo enfadada Alicia.

—Tampoco fue muy educado por tu parte sentarte sin que te hayan invitado —contestó la Liebre de Marzo.

—No sabía que esta mesa fuera *suya* —dijo Alicia—; está preparada para más de tres.

—Necesitas un buen corte de pelo —dijo la Liebre. Tras haber estado mirando a Alicia durante un rato con gran curiosidad, esta fue su primera observación.

—No debería usted hacer comentarios personales —dijo severamente Alicia—, es muy grosero.

Al oír esto, el Sombrerero abrió los ojos de par en par, pero sólo dijo:

—¿En qué se parecen un cuervo y un escritorio?

«¡Bien, ahora vamos a divertirnos!», pensó Alicia. «Me alegro de que hayan empezado a poner acertijos».

—¡Creo que puedo adivinarlo! —añadió en voz alta.

—¿Quieres decir que crees que sabes la respuesta? —dijo la Liebre de Marzo.

—Exactamente eso —respondió Alicia.

—Entonces deberías decir lo que piensas —siguió diciendo la Liebre.

—Ya lo hago —respondió rápidamente Alicia—; por lo menos... por lo menos trato de pensar lo que digo... que es lo mismo, ya lo sabes.

—¡No es igual en absoluto! —dijo el Sombrerero—. ¡También podrías decir que «veo lo que como» es lo mismo que decir «como lo que veo»!

—¡Y también —añadió la Liebre—, podrías decir que «me gusta lo que tengo» es lo mismo que decir «tengo lo que me gusta»!

—También podrías decir —añadió el Lirón, que parecía estar hablando en sueños—, que «respiro cuando duermo» es igual que decir «duermo cuando respiro»!

—Para ti sí que es lo mismo —dijo el Sombrerero, y así quedó zanjada la conversación. Todo el grupo permaneció durante un minuto en silencio, mientras Alicia pensaba en lo que sabía sobre cuervos y escritorios, que no era demasiado.

El Sombrerero fue el primero en hablar.

—¿Qué día del mes es hoy? —dijo volviéndose a Alicia. Había sacado el reloj del bolsillo y lo estaba mirando inquieto, agitándolo de cuando en cuando y llevándoselo a la oreja.

Alicia reflexionó durante un instante y entonces dijo:

—¡Estamos a cuatro!

—¡Dos días de retraso! —suspiró el Sombrerero—. ¡Te dije que la mantequilla no sería buena para la maquinaria!, —añadió mirando enfadado a la Liebre de Marzo.

—Era la *mejor* mantequilla —dijo mansamente la Liebre de Marzo.

—Sí, pero también deben haberse colado algunas migas —gruñó el Sombrerero—: no deberías haberla puesto con el cuchillo del pan.

La Liebre de Marzo cogió el reloj y lo miró apesadumbrada; luego lo metió en su taza de té y lo miró otra vez, pero no se le ocurrió nada mejor que decir, así que repitió su primera observación:

—Sabes que era la *mejor* mantequilla.

Alicia había estado observando por encima de su hombro, con gran curiosidad.

—¡Qué reloj tan divertido! —exclamó—. Dice el día del mes, pero no dice la hora.

—¿Por qué tendría que ser así? —murmuró el Sombrerero—. ¿Es que tu reloj te dice el año?

—Desde luego que no —replicó Alicia inmediatamente—, pero eso ocurre porque estamos en el mismo año durante mucho tiempo seguido.

—Que es justo el caso del *mío* —dijo el Sombrerero.

Alicia estaba terriblemente confundida. La observación que había hecho el Sombrerero parecía no tener significado, pero sin duda estaba construida correctamente.

—No le entiendo muy bien —añadió de la manera más educada que pudo.

—El Lirón se ha dormido otra vez —dijo el Sombrerero, y le echó un poco de té calentito en la nariz.

El Lirón sacudió impaciente la cabeza y dijo sin abrir los ojos:

—Por supuesto, por supuesto; eso es justo lo que yo iba a decir.

—¿Sabes ya la respuesta del acertijo —preguntó el Sombrerero volviéndose de nuevo a Alicia.

—No, me rindo —respondió ella—. ¿Cuál es?

—No tengo ni la menor idea —dijo el Sombrerero.

—Ni yo —añadió la Liebre de Marzo.

Alicia, aburrida, suspiró.

—Creo que podría utilizar el tiempo en otras cosas —dijo—, en lugar de malgastarlo en acertijos sin solución.

—Si tú conocieses el Tiempo como yo —dijo el Sombrerero—, no dirías nada sobre malgastarlo. *Él* es así.

—No sé lo que quiere decir —dijo Alicia.

—¡Desde luego que no! —dijo el Sombrerero sacudiendo con altivez la cabeza—. Me atrevería a asegurar que tú ni siquiera has hablado con él.

—Quizá no —respondió Alicia con prudencia—, pero cuando aprendí música, aprendí cómo marcar el tiempo.

—¡Ah! ¡Eso lo explica todo! —dijo el Sombrerero—. Él no soporta que le marquen. Ahora, si tú mantuvieses una buena relación con él, haría con el reloj casi todo lo que tú deseases. Por ejemplo, imagínate que fueran las nueve de la mañana, justo la hora de empezar las lecciones. Sólo tendrías que lanzarle una indirecta y, en un abrir y cerrar de ojos, el reloj daría la vuelta y... ¡La una y media, hora de comer!

—Ojalá fuese así —murmuró la Liebre de Marzo para sus adentros.

—Eso sería realmente fantástico —dijo Alicia pensativa—: pero, entonces, no tendría hambre.

—Al principio quizá no —dijo el Sombrerero—, pero podrías dejar que fuesen la una y media tanto tiempo como tú quisieras.

—¿Así es cómo usted lo maneja? —preguntó Alicia.

El Sombrerero sacudió tristemente la cabeza:

—¡Yo no! —respondió—. Discutimos el pasado marzo, justo antes de que se volviese loca —señalando con la cucharilla a la Liebre de Marzo—, fue en el gran concierto que dio la Reina de Corazones y yo tenía que cantar:

> *¡Brilla, brilla, pequeño murciélago!*
> *¿Me pregunto qué estás haciendo?*

—¿Sabes por casualidad esta canción?

—Creo que la he oído —dijo Alicia.

—Sabes, entonces, que continúa así —siguió el Sombrerero:

> *Vuelas allí por encima del mundo,*
> *como una bandeja del té en el cielo.*
> *Brilla, brilla...*

En ese momento el Lirón se estremeció y empezó a cantar entre sueños:

—Brilla, brilla, brilla, brilla... —y siguió cantando durante tanto rato que tuvieron que pellizcarle para que dejase de cantar.

—Bien, pues apenas había terminado la primera estrofa —dijo el Sombrerero—, cuando la Reina se levantó y se puso a gritar: ¡Está matando el tiempo! ¡Que le corten la cabeza!

—¡Qué salvaje! —exclamó Alicia.

—Y desde entonces —siguió diciendo tristemente el Sombrerero—, el Tiempo no hace nada de lo que le pido. ¡Ahora son siempre las seis!

A Alicia se le ocurrió una brillante idea.

—Entonces, ese es el motivo de que haya tanta vajilla de té aquí puesta ¿no? —preguntó.

—Sí, ese es —contestó el Sombrerero con un suspiro—. Como siempre es la hora del té, no nos da tiempo a lavar los platos.

—¿Supongo que por eso están constantemente cambiando de sitio alrededor de la mesa? —dijo Alicia.

—Exactamente por eso —dijo el Sombrerero— conforme van ensuciándose las cosas.

—¿Pero qué ocurre cuando llegan otra vez al principio? —se atrevió a preguntar Alicia.

—¿Qué tal si cambiamos de tema? —interrumpió la Liebre de Marzo con un bostezo—. Este ya me aburre. Propongo que la señorita nos cuente un cuento.

—Me temo que no me sé ninguno —dijo Alicia bastante alarmada ante la proposición.

—¡Entonces que nos lo cuente el Lirón! —gritaron los dos—. ¡Despierta, Lirón! —y le pellizcaron a la vez por los dos lados.

Muy despacio, el Lirón abrió los ojos.

—No estaba dormido —dijo con una voz débil y ronca—: He oído todo lo que habéis dicho, amigos.

—¡Cuéntanos un cuento! —dijo la Liebre de Marzo.

—¡Sí, por favor, hazlo! —suplicó Alicia.

—Y que sea deprisa —añadió el Sombrerero—, o volverás a dormirte antes de terminarlo.

—Había una vez tres hermanitas —empezó el Lirón con mucha prisa—, que se llamaban Elsie, Lacie y Tillie, y vivían en el fondo de un pozo...

—¿De qué vivían? —preguntó Alicia que siempre mostraba un gran interés en asuntos de alimentación.

—Vivían de melaza —dijo el Lirón después de reflexionar durante un par de minutos.

—Sabe que es imposible vivir sólo de eso —añadió Alicia amablemente—: se habrían puesto enfermas.

—Y así fue —dijo el Lirón—, *muy* enfermas.

Alicia trató de imaginar cómo sería vivir de esa extraordinaria manera, pero, como le resultaba muy desconcertante, siguió preguntando:

—¿Pero por qué vivían en el fondo de un pozo?

—Toma un poco más de té —dijo la Liebre de Marzo a Alicia en un tono muy serio.

—Todavía no he tomado nada —contestó Alicia ofendida—, así que no puedo tomar más.

—Querrás decir que no puedes tomar *menos* —dijo el Sombrerero—: es muy fácil tomar un poco *más* que nada.

—Nadie le ha pedido su opinión —dijo Alicia.

—¿Quién está haciendo comentarios personales ahora? —preguntó con aire de triunfo el Sombrerero.

Alicia no sabía qué contestar a esto; así que se sirvió un poco de té y de pan con mantequilla, y volviéndose al Lirón, le repitió la pregunta:

—¿Por qué vivían en el fondo de un pozo?

El Lirón volvió a pensarlo durante un par de minutos y entonces dijo:

—Era un pozo de melaza.

—¡Eso no existe! —exclamó Alicia muy enfadada, pero el Sombrerero y la Liebre de Marzo hicieron que se callase diciendo—: ¡Chist! ¡Chist!, —y el Lirón añadió—: Si no sabes comportarte, mejor será que termines tú el cuento.

—¡No, por favor, siga! —dijo Alicia—. No volveré a interrumpirle. Incluso me atrevería a decir que puede que exista *uno*.

—¡Desde luego que existe uno! —dijo indignado el Lirón. Sin embargo, accedió a seguir—: Así que estas tres hermanitas... Estaban aprendiendo a extraer...

—¿Qué? —dijo Alicia olvidando su promesa.

—Melaza —dijo el Lirón, esta vez sin darse ni cuenta.

—Quiero una taza limpia —interrumpió el Sombrerero—: vamos a cambiarnos de sitio.

Mientras decía esto, se cambió de asiento y el Lirón le siguió. La Liebre de Marzo se colocó en el sitio del Lirón y Alicia ocupó el lugar de la Liebre de Marzo, aunque de mala gana. El Sombrerero fue el único que se benefició del cambio. Alicia estaba mucho peor, porque la Liebre de Marzo acababa de verter la jarra de la leche sobre su plato.

Alicia no deseaba ofender de nuevo al Lirón, así que con prudencia dijo:

—Pero no comprendo. ¿De dónde sacaban la melaza?

—Si se puede sacar agua de un pozo de agua —dijo el Sombrerero—, supongo que de uno de melaza se podrá sacar melaza. ¿Lo entiendes, estúpida?

—Pero ellas estaban *dentro* del pozo —dijo Alicia al Lirón sin tener en cuenta este último comentario.

—Por supuesto que sí —dijo el Lirón—, bien dentro.

Esta respuesta confundió tanto a Alicia que dejó al Lirón continuar con el cuento durante un rato sin interrumpirle.

—Estaban aprendiendo a dibujar —siguió diciendo el Lirón, bostezando y frotándose los ojos porque empezaba a tener sueño—, y pintaban todo tipo de cosas..., todo lo que empezaba por M...

—¿Por qué por «M»? —dijo Alicia.

—¿Por qué no? —dijo la Liebre de Marzo.

Alicia se quedó callada.

A todo esto el Lirón ya había cerrado los ojos y empezaba a dormirse, pero, al pellizcarle el Sombrerero, se volvió a despertar dando un chillido y siguió:

—... Lo que empezaba por «M», como musarañas, meses, memoria y magnitud..., ya sabes, decimos que hay cosas que tienen «poco más o menos la misma magnitud». ¿Has visto alguna vez dibujar una magnitud?

—Realmente, ahora que lo pregunta —dijo Alicia muy confundida—, creo que no...

—Entonces deberías callarte —dijo el Sombrerero.

Esta grosería era más de lo que Alicia podía soportar. Se levantó disgustada y se marchó. El Lirón se durmió al instante y ninguno de los otros dos se dio cuenta de que se marchaba, aunque ella miró hacia atrás un par de veces con la esperanza de que la llamaran. La última vez que se volvió a mirarles estaban tratando de meter al Lirón en la tetera.

—¡Por nada del mundo volvería otra vez allí! —dijo Alicia mientras trataba de encontrar el camino para cruzar el bosque—. ¡Es la merienda más estúpida que he tenido en toda mi vida!

Al decir esto, observó que uno de los árboles tenía una puerta que llevaba a su interior. «¡Qué curioso!», pensó. «Pero todo es curioso hoy. Creo que debería entrar». Y entró.

De nuevo volvió a encontrarse en la larga sala cerca de la mesita de cristal. «Esta vez me las arreglaré mejor», se dijo, y empezó por coger la llavecita dorada y abrir la puerta que daba al jardín. Entonces se puso a mordisquear la seta (se había guardado un trocito en el bolsillo) hasta que midió más o menos un pie. Después atravesó el pequeño pasillo y entonces..., por fin, se encontró en el precioso jardín, entre brillantes matas de flores y fuentes de agua fresca.

CAPÍTULO VIII

El campo de cróquet de la Reina

Había un enorme rosal cerca de la entrada del jardín. Sus flores eran blancas, pero tres jardineros se afanaban en pintarlas de rojo. Para Alicia, esto era muy curioso y se acercó para observarles más de cerca. En el momento en que llegaba a su lado, oyó que uno de ellos decía:

—¡Cuidado, Cinco! ¡No me salpiques!

—No pude evitarlo —dijo Cinco enfadado—. Siete me ha dado en el codo!

Al oír esto, Siete alzó la vista y dijo:

—¡Muy bien, Cinco! ¡Siempre echando la culpa a los demás!

—¡Mejor será que te calles! —dijo Cinco—. Ayer oí decir a la Reina que merecías que te cortasen la cabeza.

—¿Por qué? —dijo el que había hablado en primer lugar.

—¡Eso no es asunto tuyo, Dos! —dijo Siete.

—¡Sí que lo es! —dijo Cinco—. Y yo voy a contárselo: fue por llevarle a la cocinera bulbos de tulipán en lugar de cebollas.

Siete tiró su pincel y comenzó a decir:

—Bueno, de todas las cosas injustas... —pero en ese momento sus ojos se fijaron, por casualidad, en Alicia, que seguía observándolos, e inmediatamente dejó de hablar. Los demás se volvieron y todos juntos hicieron una reverencia.

—¿Podríais decirme por qué estáis pintando esas rosas? —dijo Alicia tímidamente.

Cinco y Siete no contestaron, pero miraron a Dos. Dos, en voz baja, empezó a hablar así:

—Bien, señorita, el hecho es que aquí debería haber un rosal *rojo* y, por error, nosotros pusimos uno blanco. Si la Reina se entera, nos cortarían la cabeza. Así que, ya ve, señorita, antes de que venga, estamos haciendo todo lo posible para... —En ese momento Cinco, que había estado vigilando el jardín muy nervioso, gritó—: ¡La Reina! ¡La Reina!

Inmediatamente los tres jardineros se arrojaron al suelo boca abajo. Se oyó el ruido de muchos pasos y Alicia se volvió deseando ver a la Reina.

Primero llegaron diez soldados cargados de bastos. Tenían la misma forma que los tres jardineros, rectangular y plana, con los pies y las manos en los ángulos. Después venían diez cortesanos. Estos iban adornados de diamantes y, al igual que los soldados, caminaban de dos en dos. Detrás de ellos iban los infantes. Eran diez y los más pequeños se acercaban saltando alegremente, cogidos de la mano, por parejas. Todos iban adornados de corazones. Luego venían los invitados, la mayoría de ellos eran Reyes y Reinas y, entre ellos, Alicia divisó al Conejo Blanco. Estaba hablando de manera nerviosa y rápida, sonriendo a todo lo que se decía, y pasó delante de ella sin verla. Seguidamente, pasó la Sota de Corazones, que llevaba la corona del Rey en un cojín de terciopelo carmesí. Y al final de este grandioso cortejo venían el Rey y la Reina de Corazones.

Alicia no sabía si debía tumbarse boca abajo como los tres jardineros, pero no recordaba haber oído decir que eso fuese una norma obligatoria en los cortejos, «y además, ¿de qué serviría un cortejo», pensó, «si la gente tiene que tumbarse boca abajo y no puede verlo?». Así que permaneció de pie donde estaba y esperó.

Cuando el cortejo llegó frente a ella, todos se detuvieron y la miraron, y la Reina dijo severamente:

—¿Quién es esta? —Le preguntó esto a la Sota de Corazones que, como única respuesta, hizo una reverencia y sonrió.

—¡Idiota! —dijo la Reina sacudiendo impaciente la cabeza; volviéndose a Alicia, continuó diciendo—: ¿Cómo te llamas, niña?

—Me llamo Alicia, para servirle, majestad —contestó muy educada. Pero, para sus adentros, añadió—: «Bueno, al fin y al cabo, sólo son una baraja de cartas. No tengo por qué tenerles miedo».

—¿Y quiénes son *estos?* —preguntó la Reina señalando a los tres jardineros, que estaban tumbados alrededor del rosal, porque, como estaban tumbados boca abajo y el dibujo de su espalda era el mismo que el del resto de la baraja, no sabía si eran jardineros, o soldados, o cortesanos, o tres de sus propios hijos.

—¿Cómo voy a saberlo yo? —dijo Alicia sorprendida de su propio atrevimiento—. Eso no es asunto *mío.*

La Reina se puso roja de ira y, tras mirarla durante un segundo, hecha una fiera, gritó:

—¡Que le corten la cabeza! ¡Que...!

—¡Absurdo! —dijo Alicia con voz fuerte y decidida y la Reina se calló.

El Rey le puso una mano en el brazo y dijo tímidamente:

—¡Piénsalo, querida, sólo es una niña!

La Reina se alejó de él muy enfadada y le dijo a la Sota:

—¡Dales la vuelta!

Con un pie, la Sota les dio la vuelta con mucho cuidado.

—¡Levantaos! —dijo la Reina con un chillido estridente e, inmediatamente, los tres jardineros se pusieron de pie y empezaron a hacerle reverencias al Rey, a la Reina, a los infantes y a todos los demás.

—¡Parad ya! —gritó la Reina—. Me estáis mareando. —Y luego, volviéndose hacia el rosal, prosiguió—: ¿Qué *habéis* estado haciendo aquí?

—Con la venia de su majestad —dijo Dos muy sumiso mientras se arrodillaba—, intentábamos...

—¡Ya veo! —dijo la Reina que había estado examinando las rosas—. ¡Que les corten la cabeza! —El cortejo avanzó, mientras tres de los soldados se quedaban detrás para ejecutar a los pobres jardineros, que corrieron hacia Alicia en busca de protección.

—¡No seréis decapitados! —dijo Alicia y los metió en una enorme maceta que había cerca. Los tres soldados los buscaron durante uno o dos minutos y luego, tranquilamente, se fueron detrás de los demás.

—¿Les habéis cortado la cabeza? —exclamó la Reina.

—¡Con la venia de su majestad, ya no tienen cabeza! —respondieron gritando los soldados.

—¡Muy bien! —exclamó la Reina—. ¿Sabes jugar al cróquet?

Los soldados permanecieron en silencio y miraron a Alicia, ya que la pregunta iba evidentemente dirigida a ella.

—¡Sí! —asintió Alicia.

—¡Entonces, venga! —rugió la Reina y Alicia se unió al cortejo, preguntándose que más podía pasar después.

—¡Hace... hace muy buen día! —dijo una tímida vocecita a su lado. Ella observó que junto a ella caminaba el Conejo Blanco, que la miraba ansiosamente a la cara.

—Muy bueno —dijo Alicia—: ¿Dónde está la Duquesa?

—¡Chist! ¡Chist! —se apresuró a decir el Conejo en voz muy baja. Mientras hablaba, miraba apurado por encima de su hombro; después se puso de puntillas, acercó la boca al oído de Alicia y susurró—: Está sentenciada a muerte.

—¿Por qué tiene esa condena? —dijo Alicia.

—¿Has dicho «¡qué pena!»? —preguntó el Conejo.

—No, no lo he dicho —dijo Alicia—: No creo que sea una pena. Pregunté: ¿por qué?

—Abofeteó a la Reina... —empezó a decir el Conejo. Alicia no pudo evitar la risa—. ¡Oh, chist! —murmuró el Conejo muy asustado—. ¡La Reina puede oírte! Ella, la Duquesa, llegó un poco tarde y la Reina dijo...

—¡Cada uno a su sitio! —gritó la Reina con voz atronadora y la gente se puso a correr en todas las direcciones, tropezando unos con otros; sin embargo, en uno o dos minutos, todos se colocaron en sus puestos y empezó la partida. Alicia pensó que nunca había visto un campo de cróquet tan curioso, con zanjas y montículos por todas partes. Las bolas y los mazos eran erizos y flamencos vivos, respectivamente, mientras que los soldados se doblaban, apoyándose en sus pies y sus manos, para servir de arcos.

Al principio, la mayor dificultad que encontró Alicia fue manejar el flamenco. Consiguió sujetarle bastante bien el cuerpo bajo el brazo, con las patas colgando, pero, generalmente, cuando ya había logrado que estirase el cuello para darle un golpe al erizo con la cabeza del flamenco, este se doblaba y la miraba a la cara, con una expresión tan confundida que Alicia no podía evitar la risa, y cuando por fin había logrado bajarle la cabeza e iba a empezar de nuevo, era muy molesto ver que el erizo se había desenrollado y se marchaba arrastrándose. Además de todo esto, normalmente había una zanja o un montículo en el camino por el que ella deseaba mandar al erizo y, como los soldados que formaban los arcos estaban continuamente levantándose y desplazándose a otras zonas del campo, Alicia pronto llegó a la conclusión de que, sin duda, esta era una partida muy difícil.

Todos los participantes jugaban a la vez sin esperar su turno, discutiendo todo el tiempo y peleándose por los erizos. Muy pronto, la Reina estuvo hecha una furia y empezó a patalear y a gritar a cada minuto:

—¡Que le corten la cabeza a ese! ¡Que le corten a esa la cabeza!

Alicia empezó a estar intranquila: hasta ese momento no había tenido ningún problema con la Reina, pero sabía que en cualquier momento eso podía ocurrir, «y entonces», pensaba, «¿qué será de mí? Aquí les encanta decapitar a la gente. ¡Lo más increíble es que todavía quede alguno vivo!».

Estaba tratando de encontrar alguna manera de escaparse sin ser vista, cuando observó en el aire una curiosa aparición. Al principio, le extrañó mucho, pero, tras observarla durante un par de minutos, descubrió que era una sonrisa y se dijo: «Es el Gato de Cheshire: ahora tendré a alguien con quien hablar».

—¿Cómo vas? —dijo el Gato tan pronto como tuvo suficiente boca para hablar.

Alicia esperó hasta que aparecieron sus ojos y entonces le hizo una señal con la cabeza. «No tiene sentido hablarle», pensó, «hasta que por lo menos una de sus orejas haya aparecido». Al minuto siguiente, había aparecido toda la cabeza y entonces Alicia dejó su flamenco en el suelo y empezó a informarle del juego, muy contenta de tener a alguien que la escuchase. Parecía que el Gato decidió que ya eran visibles suficientes partes de su cuerpo y no dejó que apareciese nada más.

—Creo que están haciendo trampas —empezó Alicia en tono más bien de queja—, y todos se pelean tan terriblemente que uno no puede oírse hablar a sí mismo... y parece que no tienen ninguna norma o, por lo menos, si es que hay alguna, nadie la sigue... y no te imaginas qué confusas resultan todas esas cosas vivientes; por ejemplo, el arco por el que yo tengo que pasar ahora va por ahí corriendo hasta el otro lado del campo... ¡y, debería haber golpeado el erizo de la Reina ahora mismo, si no se hubiese marchado corriendo cuando vio acercarse al mío!

—¿Te gusta la Reina? —dijo el gato en voz baja.

—En absoluto —dijo Alicia—: es tan extremadamente... —Justo en ese momento se dio cuenta de que la Reina estaba muy cerca detrás de ella escuchando, así que continuó diciendo—: ...probable que gane, que casi no merece la pena terminar la partida.

La Reina sonrió y pasó de largo.

—¿Con quién *estás* hablando? —preguntó el Rey acercándose a Alicia y mirando la cabeza del Gato con gran curiosidad.

—Es un amigo mío, un gato de Cheshire —dijo Alicia—: permítame que se lo presente.

—No me gusta nada su aspecto —dijo el Rey—: sin embargo, si a él le place, dejaré que me bese la mano.

—Preferiría no hacerlo —observó el Gato.

—¡No seas impertinente —dijo el Rey—, y no me mires así! Mientras hablaba, se había puesto detrás de Alicia.

—Un gato puede mirar a un rey —dijo Alicia—. Lo he leído en algún libro, pero no recuerdo en cuál.

—Bien, habrá que suprimirlo —dijo muy decidido el Rey y llamó a la Reina, que pasaba en ese momento a su lado—: ¡Querida, me gustaría que hicieses suprimir a este gato!

La Reina sólo tenía una forma de arreglar todas las dificultades, ya fuesen grandes o pequeñas:

—¡Que le corten la cabeza! —dijo sin tan siquiera mirarlo.

—Yo mismo traeré al verdugo —dijo impaciente el Rey, y se marchó a toda prisa.

Alicia pensó que bien podría volver y ver cómo iba la partida, cuando a distancia oyó la voz de la Reina que gritaba enfurecida. Ya la había oído sentenciar a muerte a tres jugadores, porque habían perdido su turno y no le gustaba nada cómo se estaban poniendo las cosas, ya que la partida era tan confusa que nunca sabía si era su turno o no. Así que se fue en busca de su erizo.

El erizo estaba enzarzado en una pelea con otro erizo y esta le pareció a Alicia una buena oportunidad para golpear a uno con otro y así marcar. El único problema era que su flamenco se había marchado a la otra punta del jardín, donde Alicia podía verle tratando de subirse volando a uno de los árboles.

Cuando consiguió capturar al flamenco y traerlo de vuelta, la pelea se había terminado y los dos erizos habían desaparecido: «pero no importa demasiado», pensó Alicia, «ya que todos los arcos se han marchado de este lado del campo». Así que sujetó al flamenco debajo del brazo, con el fin de que no pudiese escapar de nuevo, y volvió para seguir conversando un poco más con su amigo.

Cuando volvió donde estaba el Gato de Cheshire, se sorprendió al ver una gran multitud a su alrededor: el verdugo, el Rey y la Reina estaban discutiendo, hablando todos a la vez, mientras los demás permanecían en silencio y parecían muy inquietos. En el momento en que Alicia apareció, los tres le pidieron que resolviese la cuestión y le repitieron sus respectivos argumentos, aunque, como todos hablaban al mismo tiempo, le resultó muy difícil averiguar exactamente lo que decían.

El verdugo opinaba que no se podía cortar una cabeza a no ser que esta estuviese pegada a un cuerpo de donde poderla separar; que él nunca había hecho una cosa semejante y que no iba a empezar a hacerlo a esas alturas de su vida.

El Rey alegaba que cualquier cosa que tuviese cabeza podía ser decapitada y que no dijesen más tonterías.

La Reina pensaba que, si no se hacía algo inmediatamente, iba a mandar decapitar a todo el mundo. (Esta última observación fue la que provocó que todo el grupo se sintiese tan nervioso y serio).

Alicia no sabía qué podía decir, excepto:

—Pertenece a la Duquesa: mejor será que le pregunten a ella.

—Está en la cárcel —dijo la Reina al verdugo—: ¡Tráela aquí! —Y el verdugo salió como una flecha.

En el momento en que el verdugo se marchó, la cabeza del Gato empezó a desvanecerse y cuando el verdugo volvió con la Duquesa ya había desaparecido por completo. Así que el Rey y el verdugo se pusieron a correr de un lado para otro, buscándolo, mientras el resto del grupo siguió con la partida.

CAPÍTULO IX

La historia de la Falsa Tortuga

—¡No puedes imaginarte qué contenta estoy de volver a verte, querida! —dijo la Duquesa a Alicia, cogiéndola del brazo, mientras se marchaban andando juntas.

Alicia se alegró mucho de encontrarla de tan buen humor y pensó que quizá sólo había sido la pimienta lo que la había puesto tan furiosa cuando se conocieron en la cocina.

«Cuando yo *sea* duquesa», se dijo (aunque no con mucha esperanza), «no tendré *nada* de pimienta en mi cocina. La sopa está muy buena sin ella... Quizá sea la pimienta lo que pone a las personas tan acaloradas», y siguió, encantada de haber descubierto una nueva norma. «Y el vinagre tan agrio..., y la manzanilla tan amarga..., y el azúcar y cosas por el estilo tan dulces. Ojalá la gente supiese *esto:* entonces no serían tan tacaños con los dulces...».

En ese momento había olvidado totalmente a la Duquesa y se sobresaltó un poco cuando oyó una voz que decía junto a su oído:

—Estás pensando en algo, querida, y eso hace que te olvides de hablar. Ahora mismo no podría decirte cuál es la moraleja de eso, pero enseguida la recordaré.

—Quizá no tiene ninguna —se atrevió a observar Alicia.

—¡Bah, bah, niña! —dijo la Duquesa—. Todo tiene una moraleja, si eres capaz de encontrarla. —Y mientras hablaba se apretaba cada vez más contra Alicia.

A Alicia no le gustaba mucho tenerla tan cerca: primero, porque la Duquesa era *muy* fea, y segundo, porque tenía exactamente la altura justa para apoyar la barbilla en su hombro y esta era una barbilla incómoda y puntiaguda. Sin embargo, no quería ser grosera, así que lo soportó lo mejor que pudo.

—Parece que la partida va mejor ahora —dijo.

—Así es —dijo la Duquesa—, y la moraleja de esto es «¡Oh, el amor, el amor, es el que mueve el mundo!».

—Alguien dijo —susurró Alicia—, que iría mejor si cada uno se ocupara de sus propios asuntos.

—¡Ah, bueno! Es lo mismo —dijo la Duquesa, hundiendo su afilada barbilla en el hombro de Alicia, mientras añadía—: La moraleja de eso es: «Cuida el sentido y los sonidos cuidarán de sí mismos».

«¡Cómo le gusta buscar la moraleja de las cosas!», pensó Alicia para sus adentros.

—Me atrevería a decir que te estás preguntando por qué no te rodeo la cintura con mi brazo —dijo la Duquesa tras una pausa—. El motivo es que no estoy segura del carácter de tu flamenco. ¿Pruebo?

—Podría picarla —contestó Alicia con precaución sin tener ganas en absoluto de que probase.

—Muy cierto —dijo la Duquesa—: los flamencos y la mostaza pican. Y la moraleja de eso es: «Los pájaros de igual pluma vuelan juntos».

—Sólo que la mostaza no es un pájaro —observó Alicia.

—Correcto, como siempre —dijo la Duquesa—: ¡qué forma tan clara tienes de decir las cosas!

—Es un mineral, *creo* —dijo Alicia.

—Desde luego que sí —dijo la Duquesa, que parecía dispuesta a estar de acuerdo con todo lo que dijese Alicia—. Hay una gran mina de mostaza cerca de aquí. Y la moraleja de esto es: «Cuanto más mía sea la mina, menos tuya es».

—¡Ah, ya sé! —exclamó Alicia, que no había atendido a este último comentario—. Es un vegetal. No lo parece, pero lo es.

—Totalmente de acuerdo —dijo la Duquesa—, y la moraleja de esto es: «Sé lo que pareces ser»... o, si prefieres que te lo diga con palabras más simples: «Nunca te imagines que eres de otra manera distinta de como a los demás le pareces, que lo que fueras o pudieras haber sido no es más distinto de lo que tú habrías sido si a los demás les hubieras parecido distinta».

—Creo que lo comprendería mejor —dijo Alicia muy educada—, si lo viese escrito, pues me temo que no puedo seguirla muy bien mientras lo dice.

—Eso no es nada comparado con lo que podría decir si quisiera —contestó la Duquesa satisfecha.

—Le ruego que no se moleste en decirlo de una manera más larga que esa —dijo Alicia.

—¡Oh, no es ninguna molestia! —dijo la Duquesa—. Te regalo todo lo que he dicho hasta ahora.

«¡Qué regalo tan barato!», pensó Alicia. «¡Me alegro de que no haya regalos de cumpleaños como ese!». Pero no se atrevió a decir esto en voz alta.

—¿De nuevo pensando? —preguntó la Duquesa hundiendo otra vez su afilada barbilla.

—Tengo derecho a pensar —dijo Alicia bruscamente porque empezaba a estar un poco abrumada.

—Más o menos el mismo derecho —dijo la Duquesa—, que tienen a volar los cerdos, y la morale...

Pero en este momento, y para gran sorpresa de Alicia, la voz de la Duquesa se detuvo en la mitad de su palabra favorita, «moraleja», y el brazo con el que se agarraba al suyo empezó a temblar. Alicia levantó la mirada y allí estaba la Reina, frente a ellas, con los brazos cruzados, frunciendo el ceño y a punto de estallar.

—¡Bonito día, majestad! —empezó a decir la Duquesa en voz baja y débil.

—Bien, te hago esta justa advertencia —gritó la Reina pateando el suelo mientras hablaba—: o desapareces inmediatamente tú o tu cabeza. ¡Elige!

La Duquesa eligió y enseguida desapareció.

—Sigamos con la partida —dijo la Reina a Alicia. Esta estaba demasiado asustada para pronunciar una sola palabra y la siguió muy despacio hacia el campo de cróquet.

Los demás invitados habían aprovechado la ausencia de la Reina y estaban descansando a la sombra. Sin embargo, en cuanto la vieron, todos volvieron rápidamente al juego. La reina simplemente advirtió que un momento de retraso les costaría la vida.

Durante toda la partida, la Reina no había dejado de pelearse con los otros jugadores, ni de gritar: «¡Que le corten la cabeza a ese!» o «¡que le corten a esa la cabeza!». A los que eran sentenciados se los llevaban bajo custodia los soldados, que, por supuesto, debían dejar de ser arcos para llevar esto a cabo, así que, tras media hora de juego más o menos, no quedaba ningún arco, y todos los jugadores, excepto el Rey, la Reina y Alicia, se encontraban bajo custodia y sentenciados a muerte.

Entonces la Reina dejó de jugar, casi sin respiración, y le dijo a Alicia:

—¿Has visto ya a la Falsa Tortuga?

—No —dijo Alicia—. Ni siquiera sé lo que es una Falsa Tortuga.

—Es de lo que se hace la sopa de falsa tortuga —dijo la Reina.

—Ni la he visto, ni he oído hablar de ella —dijo Alicia.

—Entonces vamos —dijo la Reina—, y ella te contará su historia.

Mientras se marchaban juntas, Alicia oyó que el Rey decía en voz baja a todos en general:

—Estáis todos perdonados. «¡Bien, eso está bien!», se dijo Alicia, porque estaba muy triste al ver el número de ejecuciones que había ordenado la Reina.

Pronto llegaron ante un Grifo, que estaba tumbado al sol durmiendo profundamente.

—¡Levántate, vago! —dijo la Reina—, y lleva a esta señorita a ver a la Falsa Tortuga para que le cuente su historia. Yo tengo que volver para encargarme de algunas ejecuciones que he ordenado —y se marchó dejando a Alicia sola con el Grifo.

A Alicia no le gustaba nada en absoluto el aspecto de la criatura, pero, a pesar de eso, pensó que sería más seguro quedarse con él que seguir junto a la salvaje Reina; así que esperó.

El grifo se sentó y se frotó los ojos; luego, se quedó mirando a la Reina hasta que esta hubo desaparecido, y entonces se rio entre dientes.

—¡Qué divertido! —dijo mitad a sí mismo mitad a Alicia.

—¿Qué es divertido? —dijo Alicia.

—*Ella,* desde luego —dijo el Grifo—. Es todo producto de su imaginación: aquí nunca se ejecuta a nadie, ya sabes. ¡Vamos!

«Todo el mundo dice "¡vamos!" aquí», pensó Alicia mientras lo seguía muy despacio: «¡Jamás en mi vida he recibido tantas órdenes!».

No se habían alejado mucho, cuando vieron a distancia a la Falsa Tortuga, sentada muy triste y solitaria en el pequeño saliente de una roca, y, conforme se acercaban, Alicia pudo oír que suspiraba como si su corazón fuese a romperse. Alicia la compadeció profundamente.

—¿Cuál es su pena? —preguntó al Grifo y este contestó, casi con las mismas palabras que había usado anteriormente—: Es todo imaginación: no tiene ninguna pena, ya sabes. ¡Vamos!

Así que se acercaron a la Falsa Tortuga, que los miraba con sus grandes ojos llenos de lágrimas, pero sin decir nada.

—Aquí, esta señorita —dijo el Grifo—, quiere conocer tu historia.

—Se la contaré —dijo la Falsa Tortuga en tono profundo y lúgubre—: sentaos los dos y no digáis una sola palabra hasta que termine.

Así que se sentaron y durante unos minutos nadie dijo una sola palabra. Alicia pensó: «No sé cómo va a terminar, si ni siquiera ha empezado». Pero esperó pacientemente.

—Una vez —dijo la Falsa Tortuga por fin, con un profundo suspiro—, yo fui una verdadera tortuga.

A estas palabras siguió un silencio muy largo, interrumpido en ocasiones por algún «¡Hjckrr!» del Grifo y por los continuos e intensos sollozos de la Falsa Tortuga. Alicia estuvo a punto de levantarse y decir: «Gracias, señora, por su interesante historia», pero no pudo evitar pensar que *debía* haber algo más, así que se sentó muy quieta y no dijo nada.

—Cuando éramos pequeños —siguió por fin diciendo la Falsa Tortuga, más tranquila, aunque todavía sollozando de cuando en cuando—, íbamos a la escuela, en el mar. El profesor era una vieja tortuga... la llamábamos Tortuosa...

—¿Por qué la llamaban Tortuosa si no lo era? —preguntó Alicia.

—La llamábamos Tortuosa porque enseñaba de esa manera —dijo enfadada la Falsa Tortuga—: ¡Eres realmente tonta!

—Deberías avergonzarte de hacer esas preguntas tan simples —añadió el grifo, y entonces los dos se sentaron en silencio mirando a la pobre Alicia, que sólo deseaba que se la tragase la tierra. Finalmente el Grifo dijo a la Falsa Tortuga—: ¡Continúa, vieja! ¡No vamos a estar todo el día con esto!, —y esta prosiguió, diciendo:

—Sí, íbamos al colegio en el mar, aunque no te lo creas...

—¡Yo nunca he dicho eso! —interrumpió Alicia.

—¡Sí que lo has hecho! —dijo la falsa Tortuga.

—¡Calla! —añadió el Grifo antes de que Alicia pudiese hablar de nuevo.

La Falsa Tortuga continuó:

—Recibimos la mejor educación... De hecho, íbamos al colegio todos los días...

—Yo también *iba* todos los días al colegio —dijo Alicia—. No tiene por qué presumir de eso.

—¿Con clases particulares? —preguntó la Falsa Tortuga un poco nerviosa.

—Sí —dijo Alicia—, aprendíamos francés y música.

—¿Y lavado? —dijo la Falsa Tortuga.

—¡Desde luego que no! —dijo Alicia indignada.

—¡Ah! entonces la tuya no era una escuela muy buena —dijo la Falsa Tortuga aliviada—. Ya, en la *nuestra* al final del recibo decía: «Francés, música y *lavado*... extra».

—No debían necesitarlo mucho —dijo Alicia—, viviendo en el fondo del mar.

—No podía pagarlo —dijo la Falsa Tortuga con un suspiro—. Yo sólo hacía el curso normal.

—¿Y qué aprendían ahí? —preguntó Alicia.

—Para empezar, a dar vueltas y retorcernos, desde luego —contestó la Falsa Tortuga—, y también las diferentes ramas de la aritmética: ambición, distracción, afeamiento y burla.

—Nunca he oído hablar de «afeamiento» —se atrevió a decir Alicia—: ¿Qué es?

El Grifo levantó las dos patas sorprendido:

—¿Qué? ¿Nunca has oído hablar de afeamiento? —exclamó—. Supongo que sabes lo que significa «embellecer» ¿no?

—Sí —dijo Alicia insegura—, significa... hacer... que algo... sea más bonito.

—Bueno, pues —siguió el Grifo—, si no sabes lo que significa «afear», es que *debes* ser más bien tonta.

Alicia no se atrevía a hacer más preguntas sobre el tema, así que se volvió a la Falsa Tortuga y dijo:

—¿Qué más aprendías?

—Bueno, también había misterio —contestó la Falsa Tortuga llevando la cuenta de las asignaturas con las aletas: ... misterio antiguo y moderno, con mareografía; también arrastramiento... el profesor de arrastramiento era un viejo congrio que solía venir una vez por semana. Nos enseñaba arrastramiento, estiramiento y desmayo enroscado.

—¿Cómo era eso? —dijo Alicia.

—Bueno, yo no puedo enseñártelo —dijo la Falsa Tortuga—: Soy demasiado torpe. Y el Grifo nunca aprendió.

—No tuve tiempo —dijo el Grifo—: Yo fui a la escuela clásica. El maestro era un viejo cangrejo, desde luego que lo era.

—Yo nunca fui a sus lecciones —dijo la Falsa Tortuga con un suspiro—: según decían, enseñaba alegría y pena.

—Así es, así es —dijo el Grifo suspirando también, y ambos escondieron sus rostros entre las patas.

—¿Y cuántas horas al día tenían clase? —se apresuró a decir Alicia para cambiar de tema.

—Diez horas el primer día —dijo la Falsa Tortuga—, nueve el siguiente y así sucesivamente.

—¡Qué sistema más curioso! —exclamó Alicia.

—Por eso se llaman clases —observó el Grifo—: porque cambias de clase de un día para otro.

Esta era una idea bastante nueva para Alicia, que durante un instante reflexionó sobre ella antes de hacer la siguiente pregunta:

—Entonces, ¿el undécimo día tendrían vacaciones?

—Así era —dijo la Falsa Tortuga.

—¿Y qué pasaba el duodécimo día? —siguió preguntando impaciente Alicia.

—Ya hemos hablado bastante de clases —interrumpió el Grifo muy decidido—: ahora cuéntale algo sobre juegos.

CAPÍTULO X

La cuadrilla de la Langosta

La Falsa Tortuga suspiró profundamente y se pasó el dorso de una aleta por los ojos. Miró a Alicia tratando de hablar pero, durante un par de minutos, los sollozos quebraron su voz.

—Igual que si se hubiese atragantado con un hueso —dijo el Grifo y se puso a sacudirla y a darle golpes en la espalda. Por fin la Falsa Tortuga recuperó la voz y, con las lágrimas corriéndole por las mejillas, siguió diciendo:

—Puede que tú no hayas vivido mucho tiempo bajo el mar...

—Nunca he vivido allí —dijo Alicia.

—... Y quizá a ti nunca te han presentado a una langosta...

Alicia empezó a decir:

—Una vez probé... —pero rápidamente se detuvo y dijo—: No, nunca.

—¡Así que no tienes ni idea de lo deliciosa que es una danza con una cuadrilla de langostas!

—Desde luego —dijo Alicia—. ¿Qué clase de baile es ese?

—Bueno —comenzó el Grifo—, primero formas una línea en la orilla...

—¡Dos líneas! —exclamó la Falsa Tortuga—. Focas, tortugas, etcétera; entonces cuando hayáis limpiado el camino de medusas...

—Lo que normalmente requiere su tiempo —interrumpió el Grifo.

—... Avanzas dos veces...

—¡Cada uno con una langosta de compañero! —dijo el Grifo.

—Por supuesto —dijo la Falsa Tortuga—: avanzas dos veces, empiezas con el compañero...

—... Cambias de langosta y te retiras en el mismo orden —continuó el Grifo.

—Luego —siguió diciendo la Falsa Tortuga—, tiras las...

—¡Las langostas! —gritó el Grifo dando un salto.

—... Tan mar adentro como puedas...

—¡Nadas tras ellas! —exclamó el Grifo.

—¡Das un salto mortal en el mar! —gritó la Falsa Tortuga, haciendo salvajes cabriolas.

—¡Cambias de langosta otra vez! —chilló el Grifo.

—Vuelves de nuevo a tierra, y... esta es toda la primera figura —dijo la Falsa Tortuga bajando repentinamente la voz, y ambas criaturas, que habían estado saltando como locas, se volvieron a sentar, cabizbajas y silenciosas, mirando a Alicia.

—Debe ser un baile muy bonito —dijo esta tímidamente.

—¿Te gustaría verlo un poco? —preguntó la Falsa Tortuga.

—Claro que me gustaría —dijo Alicia.

—¡Intentemos la primera figura! —dijo la Falsa Tortuga al Grifo—. Se puede hacer sin langostas, ya sabes. ¿Quién va a cantar?

—Oh, canta tú —dijo el Grifo—. A mí se me ha olvidado la letra.

Así que se pusieron a bailar solemnemente alrededor de Alicia, pisándole los pies de cuando en cuando si pasaban demasiado cerca y moviendo las patas delanteras para marcar el compás, mientras la Falsa Tortuga cantaba esta canción, triste y lentamente:

—¿Podrías ir un poco más deprisa? —dijo una pescadilla a
[un caracol.
Nos persigue una marsopa y me está pisando la cola.

¡Mira qué ansiosas las langostas y las tortugas avanzan!
Están esperando en la pedregosa playa. ¿Quieres venir y
                                              [unirte a la danza?
¿Vendrás o no? ¿vendrás o no? ¿vendrás o no a unirte a la danza?
¿Vendrás o no? ¿vendrás o no? ¿vendrás o no a unirte a la danza?
No tienes ni la menor idea de lo maravilloso que será,
        [que nos suban y nos tiren, con las langostas, al mar.
Pero el caracol contestó: —¡Demasiado lejos, demasiado lejos!
                                    [—y miró de reojo...
Dio las gracias amablemente a la pescadilla, pero no se
                                    [unía a la danza.
¿Vendrás o no? ¿vendrás o no? ¿vendrás o no a unirte a la danza?
¿Vendrás o no? ¿vendrás o no? ¿vendrás o no a unirte a la danza?
—¿Qué importa lo lejos que vayamos? —replicó su amiga
                                    [con escamas.
Hay otra orilla, sabes, al otro lado.
Cuanto más lejos de Inglaterra, más cerca está de Francia...
Entonces, no palidezcas, querido caracol, sino que ven y únete
                                    [a la danza.
¿Vendrás o no? ¿vendrás o no? ¿vendrás o no a unirte a la danza?
¿Vendrás o no? ¿vendrás o no? ¿vendrás o no a unirte a la danza?

—Gracias, es un baile muy interesante —dijo Alicia, alegrándose de que por fin hubiera terminado—: ¡y me gusta mucho esa canción tan curiosa sobre la pescadilla!

—Oh, en cuanto a las pescadillas —dijo la Falsa Tortuga—, ellas... Tú las has visto, ¿no?

—Sí —dijo Alicia—, las he visto muchas veces en la comid..., —rápidamente se contuvo.

—No sé dónde está Comid —dijo la Falsa Tortuga—, pero si las has visto tan a menudo, sabrás, sin duda, cómo son.

—Creo que sí —contestó Alicia pensativamente—. Tienen la cola en la boca... y migas de pan por todos lados.

—Estás equivocada en cuanto al pan —dijo la Falsa Tortuga—: las migas se las llevaría el mar. Pero *tienen* la cola en la boca, y la razón es... —En ese momento la Falsa Tortuga bostezó y cerró los ojos—. Cuéntale la razón y todo eso —le dijo al Grifo.

77

—La razón es —dijo el Grifo—, que *querían* ir a bailar con las langostas. Así que las lanzaron a alta mar. Y como tenían que caer muy lejos, se metieron la cola completamente en la boca. Y nunca pudieron sacarla de nuevo. Eso es todo.

—Gracias —dijo Alicia—, es muy interesante. Nunca había sabido tantas cosas sobre las pescadillas.

—Puedo contarte aún más, si quieres —dijo el Grifo—. ¿Sabes por qué se llaman pescadillas?

—Nunca he pensado en ello —dijo Alicia—. ¿Por qué?

—Tiene que ver con botas y zapatos —dijo el Grifo solemnemente.

Alicia estaba muy intrigada.

—¡Con botas y zapatos! —repitió perpleja.

—¿Con qué están hechos tus zapatos? —dijo el Grifo—. Quiero decir: ¿qué hace que estén tan brillantes?

Alicia los miró y reflexionó un poco antes de contestar.

—Están hechos con betún, creo.

—Bajo el mar, las botas y los zapatos —continuó el Grifo con voz profunda—, están atados con pescadillas. Ahora ya lo sabes.

—¿Y de qué están hechos? —preguntó Alicia con gran curiosidad.

—De lenguados y anguilas desde luego —contestó el Grifo bastante impaciente—, cualquier camarón te lo podría haber dicho.

—Si yo hubiera sido la pescadilla —dijo Alicia pensando todavía en la canción—, le habría dicho a la marsopa: ¡Vete, por favor, no queremos que *tú* estés con nosotros!

—Tenían que llevarla con ellos —dijo la Falsa Tortuga—, ningún pez inteligente iría a cualquier sitio sin una marsopa.

—¿De verdad que no? —dijo Alicia con gran sorpresa.

—Desde luego que no —contestó la Falsa Tortuga—; si un pez viniera a *mí* y me dijese que se marchaba de viaje, le preguntaría: ¿con qué marsopa viajas? ¿Con el delfín?

—¿Querrá decir «con qué fin»? —dijo Alicia.

—Quiero decir lo que digo —contestó la Falsa Tortuga en tono ofendido. Y el Grifo añadió—: Vamos, cuéntanos algunas de *tus* aventuras.

—Podría contarles mis aventuras... desde esta misma mañana —dijo tímidamente Alicia—, porque no tiene sentido hablar de ayer, ya que entonces yo era una persona distinta.

—Explica todo eso —dijo la Falsa Tortuga.

—¡No, no! Primero las aventuras —dijo el Grifo impaciente—. las explicaciones llevan un tiempo terrible.

Así que Alicia empezó a contarles sus aventuras desde el momento en que vio al Conejo Blanco por primera vez. Al principio estaba un poco nerviosa por tener a las dos criaturas tan cerca de ella, una a cada lado, abriendo *muchísimo* los ojos y la boca, pero, conforme avanzaba, fue recuperando el valor. Sus oyentes estuvieron perfectamente quietos hasta que llegó a la parte donde recitaba *Eres viejo, padre Guillermo* a la Oruga, y la letra le salió diferente. En ese momento la Falsa Tortuga dio un hondo suspiro y dijo:

—Esto es muy curioso.

—Es curiosísimo —dijo el Grifo.

—¡Todo le salió distinto! —repitió pensativa la Falsa Tortuga—. Me gustaría que recitase algo ahora. Dile que empiece. —Miró al Grifo como si pensara que este tenía algún tipo de autoridad sobre Alicia.

—¡Levántate y recita *Esta es la voz del holgazán!* —dijo el Grifo.

«¡Cómo les gusta a estas criaturas mandar y hacer que una repita las lecciones!», pensó Alicia. «Es igual que si estuviera en la escuela». Sin embargo, se levantó y empezó a recitarlo, pero todavía estaba tan sumida en la Cuadrilla de la Langosta que apenas sabía lo que estaba diciendo y, sin duda, la letra le salió muy rara:

Esta es la voz de la Langosta; yo la oí declarar:
«Me has tostado demasiado, yo debo endulzarme el pelo.»
Como un pato con sus párpados, así hace ella con su nariz,
se ciñe el cinturón y abrocha los botones y vuelve hacia afuera
[los dedos del pie.
Cuando la arena está seca, es feliz como una alondra
y habla del Tiburón con desprecio.
Pero, cuando la marea sube y los tiburones están alrededor,
es tímido y trémulo el tono de su voz.

—Es distinto de como yo solía recitarlo de niño —dijo el Grifo.

—Bueno, yo no lo había oído antes —dijo la Falsa Tortuga—, pero parece una tontería sin sentido.

Alicia no dijo nada; se sentó con la cara entre las manos, preguntándose si *alguna vez* las cosas volverían a ocurrir de manera normal.

—Me gustaría que me lo explicase —dijo la Falsa Tortuga.

—Ella no puede explicarlo —dijo el Grifo rápidamente—. Vamos a la siguiente estrofa.

—Pero, ¿lo de los dedos del pie? —insistió la Falsa Tortuga—. ¿Cómo *podía* volverlos hacia afuera con la nariz?

—Es la primera postura del baile —dijo Alicia tan confusa por todo lo que ocurría, que sólo deseaba cambiar de tema.

—Pasemos a la siguiente estrofa —repitió el Grifo—. Empieza así: «yo pasé por su jardín».

Alicia no se atrevió a desobedecer, aunque estaba segura de que todo le saldría cambiado, y continuó recitando con voz temblorosa:

Yo pasé por su jardín y observé con un ojo
cómo el Búho y la Pantera compartían un pastel:
la Pantera se tomó la corteza, la salsa y la carne,
mientras el Búho se quedaba con la fuente como parte del trato.
Cuando se acabó el pastel, al Búho, como un favor,
se le permitió guardar la cuchara,
mientras la Pantera recibía el cuchillo y el tenedor con un

[gruñido,
y el banquete terminaba...

—¿De qué sirve recitar todas estas tonterías —interrumpió la Falsa Tortuga—, si no las explicas conforme las dices? ¡Esto es, con diferencia, la cosa más confusa que he oído!

—Sí, creo que será mejor que lo dejes —dijo el Grifo con gran alegría por parte de Alicia.

—¿Hacemos otra figura de la Cuadrilla de la Langosta? —siguió el Grifo—. ¿O prefieres que la Falsa Tortuga te cante una canción?

—Oh, una canción, por favor, si la Falsa Tortuga es tan amable —contestó Alicia tan impaciente que, un poco ofendido, el Grifo dijo—: ¡Hum! ¡Sobre gustos no hay nada escrito! ¿Por qué no le cantas *Sopa de Tortuga,* vieja?

La Falsa Tortuga suspiró profundamente y comenzó a cantar esto con una voz interrumpida a veces por los sollozos:

> *Magnífica sopa, tan rica y verde,*
> *que esperas en la sopera caliente.*
> *¿Quién no se inclinaría ante tu delicado sabor?*
> *¡Sopa de la tarde, magnífica sopa!*
> *¡Sopa de la tarde, magnífica sopa!*
> *¡Mag... níficaaaaa sooooooo... paaaaa!*
> *¡Mag... níficaaaaa sooooooo... paaaaa!*
> *¡Soo... pa de la taaaaar... dee,*
> *magnífica, magnífica sopa!*
> *¡Magnífica sopa! ¿Quién quiere pescado,*
> *caza o cualquier otra cosa?*
> *¿Quién no daría todo lo demás por dos*
> *peniques de magnífica sopa?*
> *¡Mag... níficaaaaa sooooooo... paaaaa!*
> *¡Mag... níficaaaaa sooooooo... paaaaa!*
> *¡Soo... pa de la taaaaar... dee,*
> *magnífica, magni... fica sopa!*

—¡Otra vez el coro! —gritó el Grifo y, cuando la Falsa Tortuga acababa de empezar a repetirlo, se oyó a lo lejos un grito—: ¡Empieza el juicio!

—¡Vamos! —exclamó el Grifo y, cogiendo a Alicia de la mano, salió a todo correr, sin esperar el final de la canción.

—¿Qué juicio es ese? —jadeó Alicia mientras corría, pero el Grifo sólo contestó—: ¡Vamos! —corriendo aún más deprisa, mientras la brisa les llevaba cada vez más débiles, las melancólicas palabras de la Falsa Tortuga:

> *¡Soo... pa de la taaaaar... deee,*
> *magnífica, magnífica sopa!*

CAPÍTULO XI

¿Quién robó las tartas?

Cuando llegaron, el Rey y la Reina de Corazones estaban sentados en su trono rodeados por una gran multitud: todo tipo de pájaros y bestias y todo el mazo de la baraja. La Sota estaba ante ellos, encadenada y custodiada por un soldado a cada lado. Cerca del Rey estaba el Conejo Blanco, con una trompeta en una mano y un rollo de pergamino en la otra. En el mismo centro de la sala había una mesa con una enorme fuente de tartas encima. Parecían estar tan buenas, que a Alicia le entró hambre con sólo verlas. «¡Ojalá acabe el juicio», pensaba, «y repartan los refrescos!». Pero esto no parecía demasiado probable, así que empezó a observar lo que había a su alrededor para pasar el tiempo.

Alicia nunca había estado antes en un juicio, pero había leído algo en los libros y estaba encantada al ver que sabía el nombre de casi todo lo que había allí. «Ese es el juez», se dijo, «por la enorme peluca que lleva».

El juez, todo hay que decirlo, era el Rey y, como llevaba la corona puesta sobre la peluca, no parecía muy cómodo y, desde luego, no estaba en absoluto favorecido.

«Y ese es el estrado del jurado», pensó Alicia, «y esas doce criaturas» —se vio obligada a decir «criaturas», porque había muchos animales, algunos eran pájaros— «supongo que serán los jurados». Una o dos veces repitió estas palabras muy orgullosa de saberlas, porque creía, no sin razón, que muy pocas niñas de su edad sabían su significado. Sin embargo, decir «hombres del jurado» tampoco habría estado mal.

Los doce jurados estaban muy ocupados escribiendo en sus pizarras.

—¿Qué están haciendo? —susurró Alicia al Grifo—. Hasta que no empiece el juicio, no tienen que escribir nada.

—Están escribiendo sus nombres —respondió el Grifo en un susurro—, por miedo a olvidarlos antes del final del juicio.

—¡Qué estupidez! —dijo Alicia en voz alta e indignada, pero inmediatamente se detuvo, porque el Conejo Blanco gritó—: ¡Silencio en la sala! —El rey se puso los anteojos y miró ansiosamente alrededor para ver quién estaba hablando.

Alicia pudo ver, mirando por encima de sus hombros, que los miembros del jurado estaban anotando todos en sus pizarras «¡qué estupidez!», e incluso pudo darse cuenta de que uno de ellos, que no sabía cómo se escribía «estupidez», le tuvo que consultar a su vecino cómo se ponía. «¡Menudo jaleo van a hacer en las pizarras antes de que termine el juicio!», pensó Alicia.

El pizarrín de uno de los jurados rechinaba. Alicia, que *no* podía soportar esto, dio la vuelta a la sala y se puso detrás de él y pronto aprovechó una oportunidad para quitárselo. Lo hizo tan deprisa que el pobre jurado (era Bill, la Lagartija) no consiguió averiguar qué había sido de su pizarrín, así que, después de buscarlo por todas partes, se vio obligado a escribir con el dedo durante el resto del día, lo cual era muy poco útil, porque no dejaba señales en la pizarra.

—¡Heraldo, lee la acusación! —dijo el Rey.

Al oír esto, el Conejo Blanco tocó tres veces la trompeta, desenrolló el pergamino y leyó lo siguiente:

La Reina de Corazones hizo unas tartas
un día de verano.
La Sota de Corazones robó esas tartas
y se las llevó muy lejos.

—Considerad vuestro veredicto —dijo el Rey al jurado.

—¡Aún no, aún no! —interrumpió rápidamente el Conejo—. Todavía hay muchas cosas que hacer antes de eso.

—Llamad al primer testigo —dijo el Rey; y el Conejo Blanco tocó tres veces la trompeta y gritó—: ¡Primer testigo!

El primer testigo era el Sombrerero. Entró con una taza de té en una mano y un trozo de pan con mantequilla en la otra.

—Le ruego que me disculpe, majestad —empezó—, por traer esto, pero no había terminado de tomar el té cuando vinieron a buscarme.

—Deberías haber terminado —dijo el Rey—. ¿Cuándo empezaste?

El Sombrerero miró a la Liebre de Marzo, que, del brazo del Lirón, le había seguido hasta la sala.

—Creo que fue el catorce de marzo —dijo.

—El quince —dijo la Liebre de Marzo.

—El dieciséis —añadió el Lirón.

—Anotad eso —dijo el Rey al jurado, y el jurado se apresuró a anotar las tres fechas en las pizarras; luego las sumaron y convirtieron la respuesta en chelines y peniques.

—Quítate tu sombrero —dijo el Rey al Sombrerero.

—No es mío —dijo el Sombrerero.

—¡Lo has *robado!* —exclamó el Rey volviéndose al jurado, que inmediatamente tomó nota del hecho.

—Los guardo para venderlos —añadió el Sombrerero como explicación—. Ninguno es mío. Soy un sombrerero.

En ese momento la Reina se puso sus anteojos y comenzó a mirar con dureza al Sombrerero, que se puso pálido y nervioso.

—Presta tu declaración —dijo el Rey—, y no te pongas nervioso o te haré ejecutar inmediatamente.

Esto no animó en absoluto al testigo, que se movía incesantemente de un lado para otro mirando muy nervioso a la Reina, y en su confusión mordió un enorme trozo de su taza de té en lugar del pan con mantequilla.

Justo en ese instante Alicia empezó a sentir una curiosa sensación, que la desconcertó mucho hasta que descubrió de qué se trataba: estaba empezando a crecer otra vez. Al principio pensó que lo mejor sería levantarse y abandonar la sala, pero, tras pensarlo mejor, decidió quedarse donde estaba, mientras hubiera espacio suficiente para ella.

—Me gustaría que no me apretujases tanto —dijo el Lirón, que estaba sentado a su lado—. Casi no puedo respirar.

—No puedo evitarlo —dijo Alicia humildemente—: estoy creciendo.

—No tienes derecho a crecer *aquí* —dijo el Lirón.

—No digas tonterías —dijo Alicia más atrevida—: sabes que tú también estás creciendo.

—Sí, pero yo crezco a un ritmo razonable —dijo el Lirón—, no de esa manera tan ridícula. —Y, muy enfadado, se levantó y se fue al otro lado de la sala.

Durante todo este rato, la Reina había estado mirando al Sombrerero y, justo cuando el Lirón cruzaba la sala, le dijo a uno de los ujieres del tribunal:

—¡Tráeme la lista de los cantantes del último concierto! —Al oír esto, el desgraciado Sombrerero tembló de tal manera que los zapatos se le salieron de los pies.

—Presta declaración —repitió enfadado el Rey—, o te haré ejecutar, tanto si estás nervioso como si no.

—Soy un pobre hombre, majestad —empezó el Sombrerero con voz temblorosa—, y no había empezado mi té... hará más o menos una semana... y con las pocas tostadas de pan con mantequilla... y con el titilar del té...

—¿El titilar de *qué?* —dijo el Rey.

—Todo *empezó* con el té —contestó el Sombrerero.

—¡Desde luego que *titilar* empieza por «T»! —dijo secamente el Rey—. ¿Crees que soy un asno? ¡Continúa!

—Soy un pobre hombre —continuó el Sombrerero—, y la mayoría de las cosas titilaban después de que..., sólo que la Liebre de Marzo dijo...

—¡No lo hice! —interrumpió inmediatamente la Liebre de Marzo.

—¡Lo hiciste! —dijo el Sombrerero.

—¡Lo niego! —dijo la Liebre de Marzo.

—Lo niega —dijo el Rey—: Omitid esto.

—Bueno, en cualquier caso, el Lirón dijo... —continuó el Sombrerero mirando ansiosamente a su alrededor para ver si este también lo negaba. Pero, como estaba profundamente dormido, el Lirón no negó nada.

—Después —prosiguió el Sombrerero—, corté más pan con mantequilla...

—¿Pero qué dijo el Lirón? —preguntó un jurado.

—No me acuerdo —dijo el sombrerero.

—*Debes* acordarte —señaló el Rey—, o te haré ejecutar.

El desgraciado Sombrerero tiró su taza de té y el pan con mantequilla y se arrodilló.

—Soy un pobre hombre, majestad —suplicó.

—Eres un orador *muy* pobre —dijo el Rey.

En ese instante uno de los conejos de Indias aplaudió, pero inmediatamente los ujieres del tribunal lo sofocaron. (Como es una palabra bastante difícil, os explicaré cómo lo hicieron. Tenían una enorme bolsa de lona que se cerraba con cuerdas. Metieron en ella de cabeza al conejo de Indias y luego se sentaron encima.)

«Me alegro de haber visto cómo se hace esto», pensó Alicia. «A menudo, al final de un juicio, he leído en el periódico: "Hubo algún conato de aplauso, que fue inmediatamente sofocado por los ujieres del tribunal", y nunca lo había entendido, hasta ahora».

—Si esto es todo lo que sabes, puedes bajar —continuó el Rey.

—No puedo bajar más —dijo el Sombrerero—: Estoy ya en el suelo.

—Entonces puedes *sentarte* —replicó el Rey.

En ese momento, aplaudió otro conejo de Indias, que también fue sofocado.

«¡Bueno, se acabaron los conejos de Indias!», pensó Alicia. «Ahora continuaremos más a gusto».

—Me gustaría acabar con mi té —dijo el Sombrerero mirando ansiosamente a la Reina, que estaba leyendo la lista de cantantes.

—Puedes irte —dijo el Rey, y el Sombrerero se apresuró a dejar la sala, sin esperar ni siquiera a ponerse los zapatos.

—... Y, justo al salir, que le corten la cabeza —añadió la Reina a uno de los ujieres. Pero antes de que el ujier llegase a la puerta, el Sombrerero ya se había perdido de vista.

—¡Llamad al siguiente testigo! —dijo el Rey.

El siguiente testigo era la cocinera de la Duquesa. Llevaba en la mano la caja de la pimienta, y Alicia pudo adivinar de quién se trataba antes de que entrase, por la forma en que la gente de la puerta empezó a estornudar a la vez.

—Presta declaración —dijo el Rey.

—No —dijo la cocinera.

El Rey miró inquieto al Conejo Blanco, que dijo en voz baja:

—Su majestad debe interrogar a *este* testigo.

—Bueno, si debo hacerlo, lo haré —dijo con aire melancólico el Rey, y, después de cruzarse de brazos y de fruncir el ceño a la cocinera hasta que casi no se le vieron los ojos, dijo con voz grave—: ¿De qué están hechas las tartas?

—Principalmente, de pimienta —dijo la cocinera.

—De melaza —dijo una voz somnolienta detrás de ella.

—¡Coged a ese Lirón! —chilló la Reina—. ¡Decapitad a ese Lirón! ¡Echadlo de la sala! ¡Sofocadlo! ¡Pellizcadlo! ¡Cortadle los bigotes!

Durante algunos minutos, mientras se llevaron al Lirón, se produjo una gran confusión en la sala; cuando todo estuvo en orden de nuevo, la cocinera había desaparecido.

—¡No importa! —dijo el Rey con gran alivio—. Llamad al siguiente testigo. —Y añadió, en voz baja, a la Reina—: Realmente, querida, deberías interrogarle *tú*. ¡Esto me da dolor de cabeza!

Alicia observó al Conejo Blanco mientras buscaba en la lista, con gran curiosidad por ver quién era el siguiente testigo, «... porque aún no tienen muchas pruebas», se dijo. Imaginad su sorpresa cuando el Conejo Blanco, con una vocecilla muy chillona, leyó en voz alta el nombre: «¡Alicia!».

CAPÍTULO XII

La declaración de Alicia

—¡Aquí! —exclamó Alicia, que con la emoción del momento había olvidado lo grande que se había hecho en unos minutos y se levantó, tan deprisa, que con el borde de la falda volcó el estrado del jurado, empujando a sus miembros sobre las cabezas de la multitud que había debajo. Al verlos esparcidos por allí, Alicia recordó la pecera de peces dorados que accidentalmente había volcado la semana anterior.

—¡Oh, lo *siento!* —exclamó consternada y se puso a recogerlos tan deprisa como pudo, porque aún tenía en la cabeza el accidente de los peces dorados y tenía la impresión de que, si no los recogía inmediatamente y los ponía otra vez en el estrado, ellos morirían.

—El juicio no puede seguir —dijo el Rey con voz muy grave—, hasta que todos los miembros del jurado no vuelvan a estar debidamente en su sitio... ¡*Todos!* —repitió con mucho énfasis mirando duramente a Alicia mientras lo decía.

Alicia miró al estrado y vio que, con las prisas, había puesto a la Lagartija cabeza abajo y la pobre, al no poder colocarse, movía la cola nerviosamente de un lado a otro. Enseguida, la sacó de allí y le dio la vuelta. «no es que eso signifique mucho», se dijo, «porque creo que en el juicio tiene la *misma* utilidad en una posición que en la otra».

Tan pronto como los miembros del jurado se hubieron recuperado un poco de la caída y recobraron sus pizarras y pizarrines, se pusieron muy diligentes a escribir la historia del accidente, todos excepto la Lagartija, que parecía demasiado trastornada para hacer algo que no fuese sentarse con la boca abierta mirando al techo de la sala.

—¿Qué sabes sobre este asunto? —dijo el Rey a Alicia.

—Nada —dijo Alicia.

—¿Nada en *absoluto?* —insistió el Rey.

—Nada en absoluto —dijo Alicia.

—Esto es muy importante —dijo el Rey volviéndose al jurado. Estaban empezando a escribir esto en sus pizarras, cuando el Conejo Blanco les interrumpió: —No es importante, quiere decir su majestad, por supuesto —dijo con gran respeto, pero frunciéndole el ceño y haciéndole muecas mientras hablaba.

—Claro, no es importante, eso quería decir —dijo apresuradamente el Rey, y para sí mismo continuó diciendo en voz baja—: importante... no importante... no importante... importante... —como si tratase de averiguar qué palabra sonaba mejor.

Algunos miembros del jurado anotaron «importante» y otros «no importante». Como estaba bastante cerca de sus pizarras, Alicia pudo ver sus anotaciones: «pero no tiene ninguna importancia», pensó.

En ese momento el Rey, que había estado durante un rato muy ocupado escribiendo en su cuaderno, gritó:

—¡Silencio! —y leyó en voz alta—: Artículo cuarenta y dos: «Todas las personas que midan más de una milla deberán abandonar la sala».

Todo el mundo miró a Alicia.

—*Yo no* mido más de una milla —dijo.

—Desde luego que sí —dijo el Rey.

—Casi dos millas —añadió la Reina.

—Bien, no me iré bajo ningún concepto —dijo Alicia—: Además, ese artículo no es válido: se lo acaba de inventar.

—Es el artículo más antiguo del código —dijo el Rey.

—Entonces debería ser el primero —dijo Alicia.

El Rey se puso pálido y cerró rápidamente el cuaderno.

—Decidid vuestro veredicto —dijo al jurado, en voz baja y temblorosa.

—Por favor, aún hay más declaraciones, majestad —dijo el Conejo Blanco, levantándose de un salto—: acaba de encontrarse este papel.

—¿Qué contiene? —dijo la Reina.

—Todavía no lo he abierto —dijo el Conejo Blanco—, pero parece que es una carta que el prisionero escribió a... a alguien.

—Debe ser eso —dijo el Rey—, a no ser que se la escribiese a nadie, lo cual sabes que no es muy corriente.

—¿A quién va dirigida? —dijo un miembro del jurado.

—No tiene dirección ninguna — dijo el Conejo Blanco—; de hecho, no tiene nada escrito *por* fuera. Mientras hablaba, desdobló el papel y añadió: —No es una carta. Son unos versos.

—¿Están escritos a mano por el prisionero? —preguntó otro miembro del jurado.

—No —dijo el Conejo Blanco—, y esto es lo más raro de todo este asunto (el jurado entero parecía extrañado).

—Debe haber imitado la letra de otra persona —dijo el Rey (mientras el jurado volvía a animarse).

—Por favor, majestad —dijo la Sota—, yo no lo escribí y no pueden probar que yo lo hiciese: no está firmado.

—Si no lo firmaste —dijo el Rey—, el asunto es todavía más grave. Tu intención *debía* ser mala; si no, lo habrías firmado, como cualquier persona honesta.

Al decir esto, hubo un aplauso unánime: era la primera cosa realmente inteligente que había dicho el Rey ese día.

—Eso *demuestra* su culpa —dijo la Reina.

—¡Eso no demuestra nada! —dijo Alicia—. ¡Ni siquiera saben de qué tratan esos versos!

—Léelos —dijo el Rey.

El Conejo Blanco se puso los anteojos.

—¿Por dónde empiezo, majestad? —preguntó.

—Empieza por el principio —dijo gravemente el Rey—, y sigue hasta el final; entonces, paras.

Estos eran los versos que leyó el Conejo Blanco:

Me dijeron que tú habías sido de ella,
  y que me habías mencionado a él:
ella dijo que yo era una persona buena,
  pero dijo que no sabía nadar.
Él les contó que yo no había sido,
  (sabemos que así fue):
Si ella hubiese insistido en este asunto,
  ¿qué habría sido de ti?
Le di uno a ella, le dieron dos a él,
  tú nos diste tres o más;
todos te fueron devueltos por él,
  aunque antes fueron míos.
Si ella o yo, por casualidad,
  estuviésemos implicados en este asunto,
él confía en que tú los liberes,
  exactamente como estábamos los dos.
Mi idea era que tú habías sido
  (antes de que ella tuviese aquel arrebato)
un obstáculo que surgió entre
  él, y nosotros, y eso.
No le permitas saber que ella los prefería,
  porque esto debe ser siempre
un secreto, guardado para siempre,
  entre tú y yo.

—Esta es la declaración más importante que hemos oído —dijo el Rey, frotándose las manos—; así que ahora, dejemos que los miembros del jurado...

—Si alguno de ellos es capaz de explicarlo —dijo Alicia, que en los últimos minutos había crecido tanto que no sentía ningún miedo al interrumpirle—, le daré seis peniques. Creo que no hay ni una pizca de significado en esos versos.

Todo el jurado escribió en las pizarras: «Ella no cree que haya una pizca de significado en los versos», pero ninguno de ellos se atrevió a explicárselos.

—Si no tienen significado —dijo el Rey—, nos ahorraremos muchos problemas, porque no es necesario tratar de buscarlo. Y a pesar de todo, no sé —siguió, desplegando el papel sobre su rodilla y observando los versos con un ojo cerrado—, me parece que después de todo veo cierto significado en ellos: «... dijo que yo no sabía nadar...»; tú no sabes nadar ¿verdad? —añadió, volviéndose a la Sota.

La Sota asintió tristemente con la cabeza.

—¿Tengo aspecto de saber? —dijo (realmente *no* lo tenía, pues estaba hecha completamente de cartulina).

—Hasta ahora, de acuerdo —dijo el Rey, y siguió musitando los versos para sí mismo—: «Sabemos que así fue...», desde luego, eso es por el jurado... «Le di uno a ella, le dieron dos a él...», esto debe ser lo que hizo con las tartas, claro.

—Pero continúa «todos te fueron devueltos por él» —dijo Alicia.

—¡Desde luego, ahí están! —dijo el Rey triunfante señalando las tartas que estaban sobre la mesa—. No hay nada más evidente que *eso*. Luego, otra vez..., «antes de que ella tuviese aquel arrebato...», ¿tú nunca tienes arrebatos, verdad, querida? —preguntó a la Reina.

—¡Jamás! —dijo la Reina furiosa, arrojándole un tintero a la lagartija mientras hablaba. (El pobrecito Bill había dejado de escribir en la pizarra con el dedo al ver que no dejaba marca alguna; pero ahora, se afanaba en empezar de nuevo, utilizando la tinta que resbalaba por su cara hasta que esta se le acabó.)

—Entonces estas palabras no se *refieren* a ti —dijo el Rey, mirando alrededor de la sala con una sonrisa. Hubo un silencio mortal.

—¡Es un juego de palabras! —añadió el Rey ofendido, y todos rieron.

—Dejemos que el jurado piense su veredicto —dijo el Rey por vigésima vez en ese día.

—¡No, no! —dijo la Reina—. Primero la sentencia... luego, el veredicto.

—¡Qué tontería! —dijo Alicia en voz alta—. ¡A quién se le ocurre dictar sentencia primero!

—¡Cierra la boca! —dijo la Reina, volviéndose roja.

—¡No lo haré! —dijo Alicia.

—¡Que le corten la cabeza! —chilló la Reina tan fuerte como pudo. Nadie se movió.

—¿A quién le importáis? —dijo Alicia, que en ese momento ya había recuperado su tamaño normal—. ¡Solo sois una baraja de cartas!

Al decir esto, toda la baraja voló por el aire y cayó sobre Alicia; ella dio un gritito, mitad por miedo, mitad por el enfado, y trató de rechazarlas; de nuevo se encontró en la orilla del río, con la cabeza apoyada en el regazo de su hermana, quien amablemente le estaba quitando algunas hojas secas que le habían caído en la cara desde los árboles.

—¡Alicia, cariño, despierta! —dijo su hermana—. ¡Cuánto tiempo has dormido!

—¡Oh, he tenido un sueño tan curioso! —dijo Alicia y le contó a su hermana todo lo que pudo recordar, todas estas extrañas aventuras que había tenido y que vosotros acabáis de leer; cuando terminó, su hermana le dio un beso y dijo:

—Realmente *ha sido* un sueño curioso. Pero ahora corre a tomar el té, se está haciendo tarde.

Y Alicia se levantó y echó a correr, mientras pensaba en lo maravilloso que había sido su sueño.

Pero su hermana permaneció sentada donde ella la había dejado, con la cabeza apoyada en una mano, contemplando la puesta de sol y pensando en la pequeña Alicia, hasta que también empezó a soñar, a su manera, y este fue su sueño:

Primero, soñó con la pequeña Alicia. Una vez más, sus manitas estaban agarrando sus rodillas, y sus ojos ansiosos y brillantes miraban los suyos... Pudo oír el tono de su voz perfectamente y ver el raro movimiento que hacía con la cabeza para echarse hacia atrás el remolino de pelo que *siempre* se le metía en los ojos... Y mientras ella escuchaba, o parecía escuchar, todo el lugar a su alrededor revivió con las extrañas criaturas del sueño de su hermanita.

La larga hierba a sus pies susurraba mientras el Conejo Blanco corría por allí... El Ratón, asustado, cruzó chapoteando el estanque vecino... Pudo oír el repiqueteo de las tazas de té, mientras la Liebre de Marzo y sus amigos compartían su interminable merienda y la voz chillona de la Reina, que ordenaba ejecutar a sus desgraciados invitados...

Una vez más, el bebé cerdito estornudaba en las rodillas de la Duquesa, mientras las fuentes y los platos estallaban a su alrededor... Una vez más, el graznido del Grifo, el chirrido del dedo de la Lagartija en la pizarra y el ahogo de los conejos de Indias al ser sofocados, llenaban el aire y se mezclaban con los sollozos de la desdichada Falsa Tortuga.

Así, sentada con los ojos cerrados, casi se creía en el país de las maravillas, aunque sabía que, al abrirlos otra vez, todo cambiaría y volvería a la aburrida realidad... La hierba sólo susurraría por la acción del viento y el estanque sólo se movería por el ondear de los juncos... El repiqueteo de las tazas de té se transformaría en el tintineo de las campanillas de las ovejas, y el chillido de la Reina en la voz del pastor... El estornudo del bebé, el graznido del Grifo y todos los demás ruidos extraños se transformarían —lo sabía— en el confuso clamor que provenía del corral de una atareada granja... Mientras, el distante mugido del ganado sustituiría los fuertes sollozos de la Falsa Tortuga.

Por último, se imaginó cómo sería su misma hermanita, en el futuro, cuando fuese una mujer mayor y cómo conservaría, a través de sus años adultos, el simple y afectuoso corazón de su infancia. Y cómo reuniría a su alrededor a otros niños y haría que sus ojos brillasen con muchos cuentos curiosos, quizá incluso con este antiguo sueño del país de las maravillas. Y cómo se sentiría al escuchar las tristezas más simples de los niños, y cómo se complacería al compartir con ellos sus alegrías, recordando su propia infancia y los felices días del verano.

FANTASMAGORÍA

CANTO I

La cita

Una noche de invierno, a las nueve y media,
   helado, cansado, enfadado y sucio de barro,
llegué a casa, demasiado tarde para comer,
aunque la cena, los puros y el vino
   me esperaban en el estudio.

Una novedad había en la habitación
   y algo blanco y ondulante
permanecía a mi lado en la penumbra.
Pensé que era la escoba de la alfombra
   que la descuidada doncella había dejado allí.

Pero de repente esa cosa empezó
   a temblar y estornudar.
Ante lo cual yo dije: «¡Vamos, vamos, amigo!
No es muy considerada esa actitud.
   ¡Por favor, no hagas tanto ruido!».

«Me he constipado», dijo la cosa,
   «ahí fuera durante el aterrizaje».
Me volví sorprendido
y allí, frente a mis ojos,
   ¡me encontré un pequeño fantasma!

Cuando le reprendí, tembló de pies a cabeza
   y se escondió detrás de una silla.
«¿Cómo has llegado hasta aquí?», dije. «¿Por qué has venido?».

Nunca vi nada tan tímido.
«¡Sal de ahí! ¡Deja de temblar!».

Dijo: «Encantado le diré cómo
    y también por qué he venido.
Pero...» (entonces se inclinó levemente).
«Ahora está usted de tan mal humor
    que pensará que todo es mentira».

«Y en cuanto a lo de estar asustado,
    permítame observar
que los fantasmas tenemos el mismo derecho,
en todos los aspectos, a temer a la luz
    igual que los humanos teméis a la oscuridad».

«Ningún pretexto», dije, «puede excusar
    la cobardía que he observado en ti.
Porque los fantasmas podéis visitarnos cuando queréis,
mientras que los humanos no podemos
    rechazar la visita».

Respondió: «Alarmarse
    es algo natural, ¿no es así?
Realmente yo temí que usted quisiera hacerme daño.
Pero, ahora que veo que se ha calmado,
    deje que le explique mi visita».

«Las casas están clasificadas, tengo el honor de decirle,
    según el número de fantasmas que albergan.
(El inquilino apenas cuenta como *carga,*
    junto con el carbón y otros trastos.)

Esta es la casa de "un solo fantasma", y
    cuando usted llegó el pasado verano,
podía haber advertido la presencia de un espectro que
estaba haciendo todo lo que hacen los fantasmas
    para dar la bienvenida a un recién llegado.

Esto siempre se hace en las villas...
   no importa a cuánto ascienda el alquiler,
porque, aunque desde luego es menos divertido
que sólo haya sitio para uno,
   los fantasmas tenemos que acceder.

Ese espectro le dejó el día tres...
   y desde entonces usted no ha sido visitado,
ya que él nunca nos dijo una palabra,
sino que, accidentalmente, oímos
   que alguien se necesitaba aquí.

Por derecho, los espectros eligen los primeros,
   a la hora de cubrir una vacante.
Luego, los fantasmas, los elfos, las hadas y los duendes...
Y si todos estos fallan, se invita
   al espíritu necrófago más simpático que se encuentre.

Los espectros dijeron que el lugar era humilde
   y que usted guardaba un vino muy malo.
Así que tuvo que venir un fantasma
y, como yo era el primero, ya sabe,
   no pude negarme».

«Sin duda», dije, «eligieron
   al mejor que podían enviar.
¡Aunque elegir a un mocoso como tú
para visitar a un hombre de cuarenta y dos,
   no ha sido un gran detalle!».

«No soy tan joven, señor», contestó,
   «como usted piensa. El hecho es
que en cavernas al lado del mar
y en otros lugares, que me ha tocado probar,
   he adquirido una gran experiencia.

Pero hasta ahora nunca he formado parte
   estrictamente de una casa,
y con las prisas olvidé
las Cinco Normas Básicas de la Etiqueta,
   que de memoria debemos conocer».

Mis sentimientos pronto aceptaron
   al pequeño individuo.
Este estaba absolutamente espantado
por haber, por fin, encontrado un humano
   y parecía muy asustado y acobardado.

«¡Por fin», dije, «estoy contento de haber descubierto
   que los fantasmas no son *mudos!*
Pero, por favor, siéntate. Quizá te apetezca
(si, como yo, no has cenado)
   tomar un bocado.

¡Aunque, ciertamente, no pareces
   algo a lo que pueda *ofrecerse* comida!
Y luego me encantará escuchar...,
si me las dices alto y claro...,
   las normas a las que tú aludías».

«¡Gracias! Las oirás luego más tarde.
   ¡Esto sí que ha sido suerte!».
«¿Qué puedo ofrecerte?», dije.
«Bueno, ya que *es* usted tan amable, probaré
   un poco de pato.

¡Una tajada! ¿y podría pedirle
   otra gotita de salsa?».
Me senté y le miré asombrado,
porque realmente nunca había visto
   una cosa tan blanca y ondulante.

Y todavía parecía hacerse más blanco,
    más vaporoso y más ondulante...,
visto en la borrosa y parpadeante luz,
mientras recitaba
    sus «Máximas de Comportamiento».

CANTO II

Las cinco normas

«La primera, pero no suponga usted», dijo,
    «que estoy poniéndole una adivinanza...
es..., si la víctima estuviese en la cama,
no toques las cortinas de la cabecera,
    sino que usa las del medio.

Muévelas despacio de dentro a fuera,
    mientras las separas,
y en un minuto, sin duda,
levantará la cabeza y mirará alrededor
    con ojos llenos de ira y temor.

En ese momento tú no debes, bajo ningún concepto,
    hacer la primera observación.
Espera que la víctima empiece.
Ya que ningún fantasma con sentido común
    empieza una conversación.

Si dijera: "¿Cómo has llegado hasta aquí?"
    (Cómo *usted* empezó, señor),
en tal caso, tu opción es clara:
"¡a la espalda de un murciélago, querido!",
    es la respuesta apropiada.

Si tras eso no dice nada,
    será mejor que reduzcas tus esfuerzos...
vete y sacude la puerta,

y si entonces empieza a roncar,
    sabrás que todo ha sido en vano.

Por el día, si está solo...
    en la casa o de paseo...
simplemente da un profundo gemido,
para indicar la clase de tono
    en el que tú deseas hablar.

Pero si le encuentras con sus amigos,
    el asunto es más difícil.
En tal caso el éxito depende
de recoger algunos cabos de vela,
    o mantequilla de la despensa.

Con esto te debes hacer un tobogán
    (funciona mejor con sebo),
sobre el que tú te debes deslizar
para moverte de un lado a otro...
    Pronto se aprende a hacerlo.

La segunda nos dice lo que es correcto
    en citas ceremoniosas:
"Primero enciende una luz azul o carmesí"
(algo que yo casi olvidé esta noche)
    "luego, araña las puertas o las paredes"».

Dije: «Tú no volverías aquí nunca más,
    si hubieras puesto a prueba a este sujeto.
Yo no tengo hogueras en el suelo...
¡y, en cuanto a lo de arañar la puerta,
    me gustaría que lo hubieses intentado!».

«La tercera se escribió para proteger
    los intereses de la víctima,

y nos dice, según la recuerdo:
Tratadle con profundo respeto,
    y no le contradigáis».

«Esto es claro», dije yo, «como el agua
    para cualquier entendimiento.
Solo desearía que *algunos* fantasmas que he conocido
no olvidasen *constantemente*
    la máxima a la que tú te has referido».

«Quizá», dijo, «fue usted el primero que transgredió
    las leyes de la hospitalidad.
Todos los fantasmas por instinto detestan
al humano que no trata a su invitado
    con la debida cordialidad.

Si te diriges a un fantasma como "¡Cosa!"
    o le golpeas con un hacha,
el rey permite olvidar
toda conversación *formal*...
    ¡Asegúrese de entenderlo!

La cuarta prohíbe entrar
    donde otros fantasmas están acuartelados.
Y aquellos condenados por esto
(a no ser que por el rey sean perdonados)
    deben inmediatamente ser castigados.

Esto simplemente significa "ser cortados en pedacitos".
    Los fantasmas pronto se unen de nuevo
y el proceso no duele casi nada...
no más que cuando a usted
    "le ponen por los suelos" en una revista.

La quinta, usted preferirá
    que la cite íntegramente:
El rey recibirá tratamiento de "señor"

de un simple cortesano,
   es lo que exige la ley.

Pero, si uno desea hacer las cosas
   con mayor formalidad,
diríjase a él como "Mi Rey Duende"
y siempre utilice, al responder,
   la frase "Su Blancura Real".

Me estoy quedando bastante ronco, me temo,
   de tanto recitar.
Así que, si no tiene usted inconveniente, querido,
tomaré un vaso de cerveza amarga...
   Creo que tiene un aspecto tentador».

CANTO III

Escaramuzas

«¿Y pudiste realmente andar», dije yo,
 «en una noche tan espantosa?
Siempre me imaginé que los fantasmas volaban...
si no exactamente por el cielo,
 al menos a una altura regular».

«Está bien», dijo él, «para los reyes
 elevarse sobre la tierra.
Pero los fantasmas a menudo pensamos que las alas,
como otras muchas cosas agradables,
 cuestan más de lo que podemos obtener.

Los espectros, desde luego, son ricos y por eso
 pueden comprárselas a los elfos.
Pero *nosotros* preferimos mantenernos debajo...
Son unos compañeros estúpidos, sabes,
 excepto para ellos mismos.

Porque, aunque aseguran que no son
 orgullosos, tratan a los fantasmas
con algo más que desprecio...
Igual que ningún pavo nunca ha pensado
 en tan siquiera mirar a un gallo».

«Parecen demasiado orgullosos», dije yo, «para
 venir a una casa como la mía.
Di, ¿cómo consiguieron descubrir
tan rápidamente que "el sitio era humilde"
 y que "yo guardaba un vino malo"?».

«El inspector Kobold vino aquí...»,
    empezó el pequeño fantasma.
En ese punto, le interrumpí: «¿El inspector qué?
Inspeccionar fantasmas es nuevo para mí,
    ¡explícate, amigo!»

«Se llama Kobold», dijo mi invitado.
    «Uno de la clase de los espectros.
A menudo le verás vestido
con una bata amarilla, un chaleco carmesí
    y un gorro de dormir con un ribete.

Primero probó la casa Brocken,
    pero cogió una especie de resfriado;
así que vino a Inglaterra a ser cuidado
y aquí tomó la forma de *sed*,
    de la que todavía se queja.

El vino de Oporto, dice, cuando es rico y está sano,
    calienta sus huesos como el néctar.
Y como las posadas, donde siempre se le encuentra,
son su lugar especial de trabajo,
    le llamamos el *Espectro-Posadero*».

Yo soporté... como un hombre...
    ¡Su atormentadora agudeza!
Y no había nada más dulce que
mi carácter, hasta que el fantasma empezó
    a hacer sus críticas con dureza.

«No debe consentirse derrochar a las cocineras,
    Y a pesar de eso será mejor que se las enseñe
a que los platos tengan *algún* sabor.
Dígame, ¿por qué siempre se dejan las vinagreras
    donde nadie puede alcanzarlas?

¡Este hombre nunca se ganará
    la vida como camarero!
¿Se supone que esa *cosa* tan rara quema?
(Es un asunto demasiado deprimente
    para llamar a un mediador.)

El pato estaba tierno, pero los guisantes
    eran más que viejos.
Y sólo recuerde, si no le importa,
la *próxima* vez que tenga usted queso tostado
    no permita que lo dejen que se enfríe.

Creo que podría mejorar el pan
    usando harina mejor.
Y ¿tiene usted algo para beber
que se parezca un poco *menos* a la tinta,
    y que no tenga *este* agrio sabor?».

Luego, mirando con curiosidad alrededor,
    exclamó: «¡Dios mío!»,
y siguió criticando...
«Su habitación no tiene un tamaño apropiado.
    No es ni cómoda ni espaciosa.

Esa ventana tan estrecha creo que
    sólo sirve para dejar que entre el polvo...».
«Pero, por favor», dije yo, «creo recordar
que fue diseñada por un arquitecto
    que confiaba en Ruskin[1]».

«¡Señor, me da igual quién fuese o
    en quién confiaba!
¡Construida de cualquier manera,
aseguro que nunca vi un trabajo peor,
    como que soy un espectro viviente!

---

[1]   Se refiere a JOHN RUSKIN, escritor y crítico de arte de gran influencia en la Inglaterra de la época victoriana, la de Lewis Carroll.

«¡Qué puro tan enorme!
    ¿Cuánto cuesta una docena?».
Yo gruñí: «¡No importa cuánto cuesta!
Está usted adquiriendo demasiada confianza,
    ¡parece usted mi primo!

¡Esto es algo que no puedo soportar,
    así de claro se lo digo!».
«¡Ajá!», dijo él. «¡Nos creemos importantes!»
(mientras, cogía una botella).
    «¡Pronto arreglaremos *eso!*».

Y entonces él tomó una decisión
    y alegremente gritó: «¡Ahí va!».
Yo traté de apartarme conforme se aproximaba,
pero por alguna razón me dio igual,
    porque la botella golpeó, exactamente, en mi nariz.

Y no recuerdo nada más
    con claridad,
sólo sé que desperté en el suelo
repitiendo: «Dos más cinco son cuatro
    y *cinco más dos* son seis».

Nunca he sabido lo que pasó
    ni tampoco lo he averiguado: sólo sé
que, cuando al fin el sentido recobré,
la lámpara, abandonada, brillaba vagamente...
    y el fuego se estaba extinguiendo...

A través de la oscuridad me pareció ver
    algo que, con sonrisa afectada,
me estaba dando, según descubrí,
una lección de biografía,
    como si yo fuese un niño.

CANTO IV

Su educación

«¡Oh, cuando yo era pequeño,
     éramos muy felices!
Cada uno se sentaba en su lugar favorito,
chupábamos y mordíamos las tostadas con mantequilla
     que nos daban a la hora del té».

«¡Ese cuento ya existía!», dije yo.
     «¡No digas que no,
porque es tan conocido como la Guía de Bradshaw!».
(El fantasma, nervioso, respondió
     que él no lo sabía).

«¿No está en las Poesías Infantiles? Incluso
     casi creo que es así:
"Tres pequeños fantasmas estaban sentados
en su sitio", ¿sabes?, y comían
     "tostadas con mantequilla".

Tengo el libro, así que si tienes alguna duda...»
     me volví para buscarlo en el estante.
«¡No revuelvas!», gritó. «Nos apañaremos sin él.
Ahora lo recuerdo todo.
     Yo mismo lo escribí.

Salió en una publicación mensual o,
     al menos, eso dijo mi agente.

Un personaje de la literatura, que lo vio,
pensaba que era bueno
   para la revista que él editaba.

Mi padre fue un duende, señor,
   y mi madre era un hada.
A ella se le ocurrió
que los niños seríamos más felices
   si a discrepar nos enseñaban.

Esta idea pronto se convirtió en manía
   y, una vez puesta en práctica, ella
nos educó de diferentes formas...
Uno fue un duendecillo, dos fueron hadas
   y otra un hada mala.

La Aparición y el Kelpie fueron a la escuela
   y allí causaron muchos problemas.
Luego venían un duende y un espíritu necrófago,
y después dos gnomos (que rompieron la norma),
   un duende y un doble...».

«("Si esa caja del estante es de rape",
   añadió con un bostezo,
"tomaré un poco")... Luego vino un elfo,
después un fantasma (que soy yo)
   y, por último, un gnomo irlandés.

Un día algunos espectros por casualidad llamaron,
   vestidos con el blanco habitual.
Me quedé allí y los observé en el vestíbulo.
Y no pude distinguirlos para nada,
   porque ofrecían una visión tan extraña…

Me preguntaba qué demonios eran
   los que parecían sólo una cabeza y un saco.

Pero mi madre me dijo que no mirara
y entonces ella me agarró del pelo
   y me dio un empujón en la espalda.

Desde entonces siempre he deseado
   haber nacido espectro.
Pero ¿por qué motivo?» (dio un suspiro).
«*Ellos* son la nobleza de los fantasmas,
   y *nos* miran con desprecio».

«Mi vida de fantasma pronto empezó.
   Cuando apenas tenía seis años,
salí con otro mayor...
y al principio todo me pareció divertido
   y aprendí muchos trucos.

He visitado mazmorras, castillos, torres...
   Allí donde me enviaban,
a menudo me sentaba y aullaba durante horas,
calado hasta los huesos por torrenciales chaparrones,
   que caían sobre las almenas.

Ahora está bastante pasado de moda
   gemir cuando empiezas a hablar.
Esto es lo más moderno en cuestión de tono...».
Y en ese momento (se me erizó todo el cuerpo)
   dio un *horrible* chillido.

«Quizá», añadió, «para sus oídos
   esto parezca fácil.
¡Inténtelo, querido!
Aprender me costó algo más de un año
   de constante práctica.

Y cuando has aprendido a chillar, amigo,
   y aprendes el doble sollozo,
te encuentras más o menos donde empezaste:

¡Solo intenta farfullar!
  ¡Eso es *como* un trabajo!

Yo he probado y sólo puedo decir
  que estoy seguro de que tú no podrías hacerlo,
incluso aunque practicases noche y día,
a no ser que tengas dones para ello
  e ingenio natural.

Shakespeare, creo, fue el que habló
  de fantasmas, en los tiempos antiguos,
los cuales "farfullaban en las calles de Roma",
vestidos, si lo recuerdas, con sábanas...
  Debían pasar frío.

Yo a menudo he gastado diez libras en tejido
  para vestirme como un noble.
Pero, aunque eso da importancia,
nunca ha causado tanto efecto
  como para que merezca la pena el esfuerzo.

Largas facturas pronto apagaron el ansia
  que yo tenía por ser gracioso.
Instalarse es siempre lo peor.
El montón de cosas que uno quiere al principio,
  ¡debe hacerse con dinero!

Por ejemplo, una torre encantada,
  con calaveras, huesos y sábanas,
luces azules para quemar (digamos) dos cada hora,
lentes para condensar de fuerza superior
  y un juego de cadenas completo.

Todo esto junto con las cosas que uno debe alquilar...,
  el ajuste de la toga...,
la comprobación de los fuegos de colores...

¡Hasta el mismo atuendo de cada uno agotaría
   la paciencia del mismísimo Job!

Y encima el tan fastidioso
   Comité de Casas Encantadas.
¡A menudo les he visto deshacerse en cumplidos con
un fantasma, porque era francés, o ruso
   o incluso de la *city* de Londres!

Algunos dialectos encuentran oposición...
   porque uno tiene acento *irlandés,*
y en ese caso, por todo lo que debes hacer,
te ofrecen una libra a la semana
   y ¡uno se encuentra entre la espada y la pared!».

CANTO V

La discusión

«¿Y no consultan a las "víctimas"?»,
    dije. «Deberían, por derecho,
darles una oportunidad... porque, ya sabes,
los gustos de la gente son tan diferentes,
    especialmente en cuestión de espíritus».

El fantasma sacudió la cabeza y sonrió.
    «¿Consultarles? ¡En absoluto!
Sería para volverse loco,
simplemente satisfacer a un niño...
    ¡No se acabaría nunca!».

«Desde luego, no podéis dejar a los niños libres»,
    dije, «para elegir lo que quieran.
Pero, en el caso de hombres como yo,
creo que debería permitirse al "anfitrión"
    dar su punto de vista».

Dijo: «No sería provechoso...
    La gente tiene tanta fantasía.
Nosotros sólo hacemos visitas de un día
y, si nos quedamos o nos vamos,
    depende de las circunstancias.

Y, aunque no consultemos al "anfitrión"
    antes de que todo esté dispuesto,
si uno abandona su puesto a menudo,

o si no es un fantasma educado,
   usted puede cambiarlo.

Pero si el anfitrión es un hombre como usted...
   quiero decir sensato,
y si la casa no es demasiado nueva...».
«Pero ¿qué tiene *eso»,* dije yo, «que ver
   con la comodidad de un fantasma?».

«Una casa nueva no sirve, ya sabe...
   Cuesta mucho trabajo prepararla.
Pero después de veinte años más o menos,
los zócalos se empiezan a caer,
   así que veinte es el máximo».

«Preparar» no es una palabra que yo
   recuerde haber oído.
«Quizá», dije, «¿tendrá la bondad de
decirme qué significa
   exactamente esa palabra?».

«Significa que hay que aflojar todas las puertas»,
   contestó el fantasma y se rio.
«Implica taladrar montones de agujeros
en todos los zócalos y suelos,
   para ahuecar todo de arriba abajo.

A veces te encuentras con que uno o dos
   son suficientes
para que el viento sople por toda la casa...
Pero *aquí* hay mucho que hacer».
   Boquiabierto, murmuré: «¡Sin duda!».

«Como he llegado un poco tarde,
   supongo», añadí tratando
(sin éxito) de sonreír,

«que tú has estado ocupado todo este tiempo,
    preparando y arreglando».

«No», dijo. «Quizá debería
    haberme quedado otro poco...,
pero ningún fantasma que se precie
se habría atrevido a empezar
    sin antes una introducción.

Lo correcto, como usted llegaba tarde,
    habría sido marcharme.
Pero con los caminos en ese estado,
obtuve el permiso del Caballero Alcalde para esperar
    media hora o un poco más».

«¿Quién es el Caballero Alcalde?», exclamé. En lugar
    de responder a mi pregunta, dijo:
«Bueno, si no sabe usted *eso,*
¡o bien nunca se va a la cama
    o tiene usted una magnífica digestión!

Él va de un sitio a otro y se sienta sobre la gente
    que cena mucho.
Su obligación es pellizcarles y empujarles
y estrujarles hasta que casi se ahogan».
    (Yo dije: «¡les está bien empleado!»)

«La gente que cena cosas como...»
    murmuró, «huevos con panceta,
langosta..., pato..., queso tostado...,
si no reciben un terrible apretón...
    ¡es que yo estoy totalmente equivocado!

Es enormemente gordo y eso
    viene muy bien a su trabajo.

De hecho, debéis saber
que solíamos llamarle, hace años,
  ¡El Alcalde y la Corporación!

El día en que le eligieron alcalde
  yo *sabía* que todos los espíritus querían
votar por *mí*, pero no se atrevían...
Él estaba tan frenético y desesperado
  como furioso y nervioso.

Cuando todo terminó, por capricho,
  corrió a decírselo al rey,
y siendo todo lo contrario a delgado,
una carrera de dos millas no era para él
  algo fácil de llevar a cabo.

Así que, para recompensarle por su carrera
  (como hacía un abrasante calor
y él pesaba más de veinte piedras),
el rey procedió, medio en broma,
  a nombrarle caballero en el acto».

«¡Se tomó mucha libertad!»
  (salté yo como un cohete).
«Solo lo hizo por amor a los juegos de palabras:
"¡El hombre", dice Johnson, "que hace
  juegos de palabras, roba los bolsillos!"»».

«El rey», dijo él, «no es un hombre cualquiera».
  Yo discutí durante un rato
e hice lo posible para demostrar esto...
El fantasma simplemente escuchaba
  con una sonrisa desdeñosa.

Por fin, cuando el aliento y la paciencia se habían agotado
  y yo había recurrido al cigarro...

«Su *propósito»,* dijo, «es excelente,
pero... cuando lo llama *razonamiento...*
desde luego ¿no está bromeando?».

Picado por su mirada fría y sinuosa,
    me levanté finalmente
para decir: «¡Por lo menos yo desafío
a los más escépticos a que nieguen
    que la unión hace la fuerza!».

«Eso es realmente cierto», dijo él, «pero espere...»,
    yo escuchaba dócilmente...
«La unión hace la fuerza, eso es cierto;
de hecho, está tan claro como el agua.
    Pero las *cebollas* provocan debilidad».

CANTO VI

Desconcierto

Como uno que trata de subir una montaña
   y nunca antes ha escalado,
advierte en breve plazo
que esto es cada vez menos sublime,
   y se da cuenta de que es un aburrimiento.

Y, sin embargo, habiendo ya empezado a escalar,
   no se atreve a dejar el desafío,
sino que, mientras escala, tiene la mirada puesta
en una pequeña cabaña cerca del cielo
   donde espera descansar.

Al que escala hasta que se le agotan los nervios y las fuerzas,
   soplando y jadeando,
conforme va ascendiendo
su lenguaje se le hace más violento
   y más escasa su respiración.

El que escalando por fin alcanza la cima,
   corona el camino ascendente
y entrando, con paso vacilante,
recibe un cachete en la cara
   que le hace caer hacia atrás.

Y siente, como en sueños,
   cómo resbala suavemente hacia abajo de nuevo,
un peso muerto, de cuesta en cuesta,
hasta que, con un ligero movimiento de cabeza,
   cae sobre el llano...

Del mismo modo yo, que había decidido
    convencer a un fantasma
y discutir con él, me había parecido
bastante diferente a cualquier discusión humana;
    a pesar de eso, no iba a ceder en mi empeño.

Sin embargo, teniendo todavía en mi mente
    el fin que esperaba alcanzar,
procuré demostrar que el asunto era cierto
haciendo un axioma
    con mis conocimientos.

Al empezar todas las frases
    con «por consiguiente» o «porque»,
yo ciegamente di vueltas, por cien caminos diferentes,
dentro de un laberinto silogístico,
    sin ser consciente de dónde me encontraba.

Dijo él: «¡Esto es sólo palabrería!
    ¡No fanfarronee más!
¡Ahora *sea* bueno y descanse!
¡Nunca he visto un tipo
    tan ridículo!

Es usted como un hombre al que yo solía ver.
    ¡Un día se enfadó
en una discusión y el mismo acaloramiento
quemó las zapatillas que llevaba en los pies!».
    Yo dije: «*¡Qué curioso!*».

«Bueno, es curioso, estoy de acuerdo,
    y quizá parezca una mentirijilla.
Pero prometo que es tan cierto como posible...,
tan cierto como que usted se llama Tibbs», dijo él.
    «Yo *no* me llamo Tibbs», contesté.

«¡No se llama Tibbs!», exclamó... Su voz se
    hizo una pizca menos cordial...

«Bueno, no», dije yo, «mi nombre de pila es
Tibbets...» «¿Tibbets?». «Sí, el mismo».
   «¡Entonces, *tú no eres el tipo!*».

Al decir esto dio un tremendo golpe a la mesa
   que hizo añicos la mitad de los vasos.
«¿por qué no me has dicho eso
tres cuartos de hora antes,
   príncipe de los asnos?

Andar cuatro millas entre el barro y la lluvia,
   pasar la noche entre humos
y ver que todo ha sido en vano...
y que tengo que hacerlo otra vez...
   ¡Es *tan* exasperante!».

«¡Cállate!», gritó, cuando yo empecé
   a darle alguna excusa.
«¿Cómo se puede tener paciencia con un tipo
que no tiene mayor juicio
   que un tonto imbécil?».

«¡Dejarme aquí esperando, en lugar
   de decirme inmediatamente
que esta no era la casa!», dijo.
«Bueno, ya está... ¡Vete a la cama!
   ¡No me mires así, burro!».

«¡Qué fácil es echarme
   a *mí* la culpa de ese modo!
¿Por qué no preguntaste mi nombre
en el momento de llegar?»,
   contesté yo enfadado.

«Desde luego te preocupa un poco
   haber llegado tan lejos...
Pero, ¿quién soy yo para que me eches la culpa de esto?».

«¡Bueno, bueno!», dijo él. «Debo admitir
    que no ha sido tan malo.

Realmente me has dado
    el mejor vino y la mejor comida...
Perdona mi violencia», dijo.
«Pero accidentes como este, ya sabes,
    enfadan a uno un poquito.

Después de todo ha sido culpa mía, creo...
    ¡Dame la mano, viejo nabo!».
El nombre que me dio sonó mal en mi mente,
pero como, sin duda, él lo decía cariñosamente,
    lo dejé pasar.

«¡Buenas noches, viejo nabo, buenas noches!
    Cuando yo me haya ido, quizá
te enviarán otro espíritu, de rango inferior,
que te causará un miedo constante
    y estropeará tus sueños más profundos.

Dile que no soportas ni la más leve broma.
    Luego, si él mira de reojo y se ríe,
sé habilidoso con un palo
(recuerda que debe ser bastante duro y grueso)
    y ¡golpéale los nudillos!

Después descuidadamente di: "¡Viejo mapache!"
    Quizá no te das cuenta
de que, si no te comportas, pronto
tendrás que cambiar el tono de tu risa...
    Y, por eso, ¡ten cuidado!

Esa es la mejor manera de hacer que un espíritu
    deje esos tejemanejes...
Pero, ¡pobre de mí! ¡Se está haciendo de día!
¡Buenas noches, viejo nabo, buenas noches!».
    Un saludo y se marchó.

CANTO VII

Triste recuerdo

«¿Qué pasa?», medité. «¿Me he dormido?
    ¿o es que he estado bebiendo?».
Pero pronto un sentimiento agradable
me invadió, me senté y me puse a llorar
    durante una hora o así, en un abrir y cerrar de ojos.

«¡Bones no tenía que darse tanta prisa!»,
    dije sollozando. «De hecho, dudo
que le mereciera la pena marcharse...
Y me gustaría saber ¿quién es Tibbs
    para merecerse tanto trabajo?

Si Tibbs es como yo,
    es *posible»,* dije,
«que no le guste mucho que pasen
por su casa a las tres y media de la madrugada,
    cuando él ya está en la cama.

Y si Bones le atormenta de algún modo...,
    chillando y con cosas así,
como estuvo haciendo aquí hasta ahora...
Preveo que va a haber una disputa,
    y ¡Tibbs será quien lleve razón!».

Además, como mis lágrimas nunca me devolverán
    al amigable fantasma,
me parece lo más adecuado

servirme otro vaso y entonar
el siguiente corolario.

«Te has ido, querido fantasma.
    ¡Mi mejor pariente!
¡Di adiós a mi pato asado;
adiós, adiós, a mi té con tostadas,
    a mi pipa y mis cigarros!

Las quejas en la vida son tristes y grises,
    las alegrías insípidas,
cuando *tú,* mi amigo, estás lejos...
¡Buen chico, o mejor, digamos,
    viejo Paralelepípedo!».

En lugar de cantar la tercera estrofa,
    me paré... bastante abruptamente.
Pero, tras una letra tan espléndida,
sentí que sería absurdo
    tratar de seguir.

Así, con un bostezo me fui
    en busca de la grata suavidad,
y dormí, y soñé hasta que el día rompió,
¡con duendes, con apariciones y con hadas
    y con gnomos y fantasmas!

Durante años no he sido visitado
    por ninguna clase de espíritu.
Pero, todavía, resuenan en mi mente
esas palabras de despedida, dichas amablemente:
    «¡Viejo nabo, buenas noches!».

ENDECHA DEL MAR

Hay ciertas cosas como... una araña, un fantasma,
  el impuesto sobre la renta, la gota, un paraguas para tres...
que odio, pero lo que odio más
  es algo llamado Mar.

Echa agua salada en el suelo...
  Horrible, estoy seguro que te parecerá.
Supongamos que se extiende una milla o algo más;
  pues *eso* es como el Mar.

Golpea a un perro hasta que ladre fuertemente...
  Cruel, pero válido en una juerga.
Supongamos que eso hiciera noche y día,
  eso como el Mar sería.

Vi en un sueño a unas niñeras;
  decenas de ellas pasando a mi lado...
Todas llevaban niños con palas de madera,
  y eso ocurría al lado del Mar.

¿Quién inventó las palas de madera?
  ¿Quién sacó la madera del árbol?
Nadie, creo, más que un idiota
  o alguien que amaba el Mar.

Sin duda es delicioso y agradable flotar
  con «pensamientos ilimitados y almas libres».
Pero supongamos que te encuentras mal en el barco,
  ¿cómo te va a gustar el Mar?

Hay un insecto que la gente elude
  (del cual deriva el verbo «evitar»).
¿Dónde te ha molestado más?
  En los alojamientos al lado del Mar.

Si te gusta el café con posos de arena
  y un indudable gusto salado en el té,
y los huevos con sabor a pescado...,
  por todos los medios vete al Mar.

Y si, junto a todos estos exquisitos bocados,
  prefieres no ver ni rastro de hierba o de árboles,
y tener tus pies un estado crónico de humedad,
  entonces... yo te recomiendo el Mar.

Porque yo tengo amigos que viven en la costa...
  ¡Buenos amigos míos!
Y es cuando yo estoy con ellos cuando más me pregunto
  cómo a alguien le puede gustar el Mar.

Me llevan de paseo y, aunque esté cansado,
  subimos hasta alturas que yo acepto alocado
y, tras dar volteretas o algo parecido desde el acantilado,
  amablemente sugieren el Mar.

Pruebo las rocas y creo que es insolente
  que ellos se rían con exceso de júbilo,
mientras yo gravemente me resbalo, en todos los charcos
  que rodean el frío Mar helado.

POETA FIT, NON NASCITUR

«¿Cómo puedo yo ser un poeta?
    ¿Cómo puedo escribir en verso?
Una vez tú me dijiste "el mayor deseo
    comparte lo sublime".
¡Luego dime cómo! ¡No lo aplaces diciendo
    "en otra ocasión"!».

El viejo sonrió y le dijo,
    al escuchar su repentina ocurrencia.
Le gustaba que el joven dijese lo que pensaba
    con entusiasmo.
Y pensaba: «No hay monotonía en él
    ni vacilación».

«Y ¿habrías sido un poeta
    antes de haber ido al colegio?
¡Ah, bien! Casi creo que eres
    un completo loco.
Primero aprende a ser espasmódico...
    Es una norma muy simple.

Porque primero tú escribes una frase
    y luego la rompes en trocitos.
Después mezclas los trozos y los ordenas
    como caigan en suerte.
El orden de las frases
    no establece ninguna diferencia.

Luego, si quieres impresionar,
    recuerda lo que digo,

que las cualidades abstractas empiezan
    siempre con mayúsculas:
La Verdad, el Bien, la Belleza...
    ¡Eso es lo que tiene importancia!

Después, cuando estés describiendo
    una forma, o sonido, o matiz,
no lo expliques directamente,
    preséntalo mejor con insinuaciones.
Y aprende a mirar todas las cosas
    con cierta clase de inclinación mental».

«Por ejemplo, si yo deseara, señor,
    hablar de pasteles de cordero,
¿debería decir: "sueños de marañas lanosas
    encerradas en celdas de trigo"?».
«Bueno, sí», respondió el viejo: «esa frase
    iría muy bien».

«Luego, en cuarto lugar, hay epítetos
    que van con cualquier palabra...
Como en la Salsa Lectora de Harvey
    con pescado, carne o ave...
De entre ellos, "salvaje", "solitario", "cansado", "extraño",
    son los preferidos».

«¿Y estará, oh, estará bien
    utilizarlos en masa...?
Por ejemplo, "el hombre salvaje hizo su cansado camino
    hacia un extraño y solitario surtidor"?».
«¡No, no! No debes sacar tan rápido
    este tipo de conclusión.

Los epítetos, como la pimienta,
    dan sabor a lo que escribes.
Si los esparces frugalmente,
    despertarán el apetito,

mas si los usas en demasía,
  ¡destrozarás completamente tu escrito!

Finalmente, en cuanto a la disposición,
  el lector, tú debes enseñarle,
debe obtener toda la información
  que pueda, y no debe buscar
revelaciones inmaduras del curso
  y del propósito de tu poema.

Por tanto, prueba su paciencia...
  Cuánto puede soportar...
no menciones lugares, nombres ni fechas,
  y, sobre todo, ten por seguro
que todo el poema
  sea consistentemente oscuro.

Primero fíjate el límite
  hasta el que puede extenderse.
Luego llénalo con "Relleno"
  (pídeselo a algún amigo).
Y hacia el final coloca
  tu Estrofa-sensación».

«Y, abuelo, dime
  ¿qué es una sensación?
Creo que nunca he oído
  utilizar antes esa palabra.
¿Serías tan amable de ofrecerme
  un *Exempli Gratia?*».

Y el viejo, mirando tristemente
  a través del jardín,
donde acá y allá las gotas de rocío
  aún brillaban en el amanecer,
dijo: «Acércate a la adelfa
  y mira el *Colleen Bawn*».

«La palabra se debe a Boucicault...
    La teoría es suya:
Donde la vida se vuelve espasmo,
    y la historia, zumbido.
Si eso no es sensación,
    no sé lo que es.

Ahora prueba tu mano, antes de que la imaginación
    haya perdido su brillo presente...».
«Y después...», añadió el nieto,
    «lo publicaremos, ya sabes.
¡Tela verde... con letras doradas por detrás...
    en dozavo!».

Entonces, orgullosamente, ese viejo sonrió
    al ver al apasionado joven
correr como un loco a por su pluma y la tinta
    y a por el papel secante...
Pero, al pensar en *publicar,*
    su cara se tornó sombría y grave.

LA CAZA DEL *SNARK*

PREFACIO

Si —y esto es algo desatinadamente posible— se acusara al autor de este breve, pero instructivo poema, de escribir tonterías, estoy convencido de que dicha acusación estaría basada en el siguiente verso (pág. 142):

Entonces el bauprés y el timón se confundían en ocasiones.

En vista de esta dolorosa posibilidad, no apelaré indignado (como podría hacer) a mis otros escritos para demostrar que soy incapaz de algo semejante; no aludiré (como podría hacer) al fuerte propósito moral de este poema, ni a los principios aritméticos tan precavidamente inculcados en él, ni a sus nobles enseñanzas de historia natural. Prefiero adoptar el procedimiento más prosaico de explicar simplemente cómo ocurrió todo.

El capitán, que era especialmente sensible en cuanto a las apariencias, solía hacer que el bauprés fuese desembarcado una o dos veces por semana para barnizarlo, y en más de una ocasión, al llegar el momento de volverlo a poner en su sitio, no había nadie a bordo que supiese a qué extremo del barco pertenecía. Todos sabían que no servía de nada consultar al capitán, ya que este simplemente se habría referido a su Código Naval y habría leído en voz alta y patética las Instrucciones del Almirantazgo, que nadie en el barco entendía, así que generalmente terminaban por sujetarlo, como podían, sobre el timón.

El timonel[2] solía observar todo esto con lágrimas en los ojos: *él* sabía que estaba mal hecho, pero, ¡ay!, el artículo 42 del Código: «Nadie hablará al Hombre del Timón», había sido completado por el mis-

---

[2] Esta tarea la llevaba a cabo normalmente el limpiabotas, que encontraba en ella refugio ante las constantes quejas del panadero por el brillo insuficiente de sus tres pares de botas.

mísimo capitán con la palabras: «y el Hombre del Timón no hablará con nadie». Así que quejarse era imposible y hasta el siguiente día que tocase barnizar no podría realizarse ningún movimiento con el timón. Durante esos desconcertantes intervalos, el barco normalmente navegaba hacia atrás.

Como, de alguna forma, este poema está conectado con la balada de Jabberwock, dejadme aprovechar esta oportunidad para contestar a una pregunta que me han hecho a menudo: cómo pronunciar *deslizosos tovos*. La «i» de deslizosos es como la «i» de «amistosos», y «tovos» se pronuncia de manera que rime con «lodos». Asimismo, la primera «o» de *borogovos* se pronuncia como la «o» de «loro». He oído gente que trata de pronunciarla como la «o» de «ahoga». Tal es la perversidad humana.

Esta también me parece una buena ocasión para llamar la atención sobre otras palabras difíciles del poema. La Teoría de Humpty-Dumpty, la de dos significados metidos en una sola palabra como en un maletín, me parece una buena explicación para todas ellas.

Por ejemplo, tomemos las palabras «humeante» y «furioso». Imaginad que deseáis decir las dos palabras, pero no sabéis cuál pronunciar primero. Si vuestros pensamientos se inclinan, aunque sea levemente, hacia «humeante», diréis «humeante-furioso»; si por un pelo, se inclinasen hacia «furioso», diríais «furioso-humeante»; pero, si tuvieseis el extraño don de una mente en perfecto equilibrio, diríais *humioso*.

Supongamos que cuando Pistol pronunció la famosa frase:

¿Bajo qué rey, bellaco? ¡Habla o muere!

el juez Shallow hubiera sabido con certeza que se trataba de William o de Richard, pero, al no saber cuál de los dos exactamente, no podría decir primero uno y luego otro. No podemos dudar que para evitar morir habría exclamado: *¡Rilchiam!*

ESPASMO I

El desembarco

«¡Este es lugar del *snark!*», gritó el capitán,
   mientras desembarcaba con cuidado a su tripulación,
manteniendo a cada hombre por encima de las olas
   con la ayuda de un dedo enredado en su pelo.

«¡Este es lugar del *snark!* Lo he dicho dos veces:
   eso alentará a la tripulación.
¡Este es lugar del *snark!* Lo he dicho tres veces:
   lo que yo diga tres veces es verdad».

La tripulación estaba completa. Incluía un limpiabotas,
   un fabricante de gorras y bonetes,
un abogado, para que mediase en las disputas,
   y un tasador, para que evaluase sus bienes.

Un jugador de billar, muy habilidoso,
   que podría haberse hecho de oro,
de no ser por que un banquero, que resultaba un empleado muy
                                                      [caro,
   cuidaba el dinero de todos.

También había un castor, que paseaba por la cubierta,
   o que se sentaba en la proa a hacer encajes,
y que (según el capitán) les había salvado muchas veces de
                                                      [naufragar,
   aunque ningún marinero sabía cómo.
Había uno que era famoso por el número de cosas
   que se había olvidado al subir al barco:

su paraguas, su reloj, todas sus joyas y anillos,
   y la ropa que había comprado para el viaje.

Tenía cuarenta y dos cajas, empaquetadas con gran cuidado,
   con su nombre escrito claramente en ellas,
pero, como se le olvidaron,
   todas se quedaron en la playa.

La pérdida de sus ropas no importaba casi nada, porque
   cuando llegó al barco llevaba puestos siete abrigos
y tres pares de botas. Sin embargo, lo peor era
   que había olvidado totalmente su nombre.

Contestaba a cualquier «¡eh!» o a cualquier otro grito,
   como «¡Morralla!» o «¡Buñuelo de pelos!»,
o «¡sea cual sea tu nombre!» o «¡como te llames!»,
   pero, especialmente, a «¡Ese!».

Mientras de aquellos que preferían usar expresiones más enérgicas
   recibía distintos nombres,
sus amigos íntimos le llamaban «Cabo de vela»,
   y sus enemigos, «Queso tostado».

«Su apariencia es desgarbada, su inteligencia poca»
   (así decía a menudo el capitán),
«¡pero su coraje es perfecto! y al fin y al cabo,
   eso es lo que se necesita para cazar un *snark*».

Gastaba bromas a las hienas, devolviéndoles la mirada
   con un descarado movimiento de cabeza,
y una vez fue a pasear, mano a mano, con un oso
   «solo para levantarle el ánimo», dijo.

Vino como panadero, pero admitió, demasiado tarde,
   y esto volvió medio loco al capitán,
que sólo sabía hacer pastel de boda, para el que, yo aseguro,
   no tenían ingredientes.

El último tripulante merece una observación especial.
   Aunque parecía un increíble asno,
sólo tenía una idea, pero como esta era el *snark,*
   el capitán le contrató de inmediato.

Vino de carnicero, pero gravemente declaró,
   cuando el barco ya llevaba una semana navegando,
que sólo era capaz de matar castores. El capitán se asustó
   y tan asustado estaba que ni una sola palabra pudo articular.

Pero, más tarde, explicó, con voz temblorosa,
   que había sólo un castor a bordo,
que estaba amaestrado y que era suyo,
   por lo que su muerte sería profundamente lamentada.

El castor, que por casualidad escuchó esta observación,
   protestó, con lágrimas en los ojos,
diciendo que ni el éxtasis producido por la caza del *snark*
   podría compensarle este tremendo disgusto.

Pidió insistentemente que el carnicero viajara
   en otro barco distinto.
Pero el capitán dijo que esto no concordaba
   con los planes que había hecho para el viaje.

Navegar era siempre un arte muy difícil,
   aunque fuese con un barco y una sola campana,
por tanto se temía que debía negarse
   a contratar a otro.

Lo mejor que podía hacer el castor era, sin duda, buscarse
   un abrigo de segunda mano a prueba de cuchillos.
Eso le aconsejó el panadero, y después debería
   asegurar su vida en una compañía respetable.

Esto le sugirió el banquero, quien se ofreció a alquilarle
   (en buenas condiciones), o a venderle,

dos excelentes pólizas: una contra el fuego
   y otra contra los daños producidos por el granizo.

Sin embargo, todavía, desde ese triste día,
   pase por donde pase el carnicero,
el castor mira hacia otro lado
   y se muestra inexplicablemente reservado.

ESPASMO II

El discurso del capitán

Al mismísimo capitán todos ponían por las nubes.
   ¡Qué porte, qué naturalidad y qué gracia!
¡Qué solemnidad, también! ¡Cualquiera podía ver que era un
                                        [hombre sabio,
   con sólo mirarle a la cara!

Había comprado un gran mapa del mar,
   sin un solo vestigio de tierra.
Y toda la tripulación estaba encantada, al ver que era
   un mapa comprensible para ellos.

«¿Qué utilidad tienen el Ecuador, el Polo Norte y las zonas de
                                        [Mercator,
   los Trópicos y las líneas de los Meridianos?».
Así decía el capitán. Y la tripulación contestaba:
   «¡Son solamente signos convencionales!».

«Otros mapas tienen formas, con las islas y los cabos,
   pero nosotros debemos agradecer a nuestro valiente capitán
(así hablaba la tripulación) que nos haya comprado el mejor...
   ¡un perfecto y absoluto mapa blanco!».

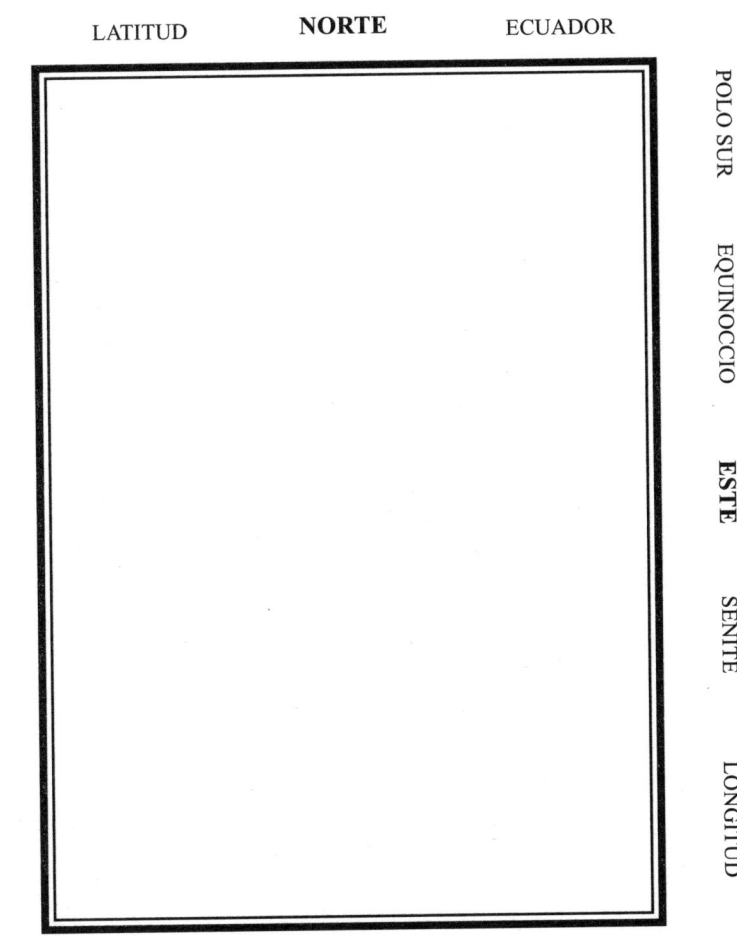

LATITUD · **NORTE** · ECUADOR

POLO SUR

EQUINOCCIO

ESTE

SENITE

LONGITUD

NADIR · POLO NORTE · **OESTE** · MERIDIANO · NORRID SONE

PLANO DEL OCÉANO

Esto era maravilloso, sin duda, pero pronto averiguaron
que el capitán, al que ellos tenían en tan buena estima,
sólo tenía una idea para cruzar el océano,
y esta era tocar su campana.

Era pensativo y serio, pero las órdenes que daba
  eran suficientes para desorientar a la tripulación.
Cuando gritaba «¡Girad a estribor, pero dejad la proa a babor!»,
  ¿qué diablos podía hacer el timonel?

Entonces el bauprés y el timón se confundían en ocasiones,
  algo que, como decía el capitán,
ocurre frecuentemente en climas tropicales,
  cuando una nave está, por decirlo así, *snarkada*.

Pero el fallo principal ocurrió durante la navegación,
  y el capitán, perplejo y afligido,
dijo que él *había* esperado, al menos, que cuando el viento
  soplara hacia el este, el barco *no* fuese rumbo al oeste.

Pero el peligro había pasado. Por fin habían desembarcado,
  con sus cajas, maletas y bolsas.
Sin embargo, a primera vista, a la tripulación no le gustó el
                                              [paisaje,
  que estaba plagado de acantilados y rocas.

El capitán percibió que los ánimos estaban bajos
  y contó, en tono melodioso,
algunas bromas que se había guardado para las ocasiones
                                              [de aflicción.
  Pero la tripulación no hacía más que gemir.

Les sirvió ponche con mano generosa
  y les invitó a sentarse en la playa,
y ellos reconocieron que su capitán tenía un magnífico porte,
  mientras permanecía de pie lanzándoles un discurso.

«¡Amigos, nobles y campesinos, prestadme atención!»
  (A todos les gustaban las citas,
así que a su salud bebieron y gritaron tres hurras,
  mientras él les servía otro vaso).

«¡Hemos navegado varios meses, hemos navegado muchas
                                        [semanas
   (cuatro al mes, podéis anotar)
pero todavía, hasta este momento (y es vuestro capitán el que
                                        [habla),
   no hemos visto, ni por asomo, un *snark!*

¡Hemos navegado muchas semanas, muchos días
   (siete por semana, lo reconozco),
pero nunca un *snark,* sobre el que nos encantaría poner la vista,
   nos hemos encontrado hasta ahora!

Venid, escuchad, compañeros, mientras os vuelvo a decir
   las cinco señas infalibles
por las que vosotros sabréis, donde quiera que vayáis,
   que se trata de un genuino *snark.*

Vamos a conocerlas por orden. Primero, el sabor,
   que es escaso y engañoso, pero crujiente,
como un abrigo que está demasiado ajustado a la cintura,
   con un aroma a gusto de alfeñique.

Su hábito de levantarse tarde, estaréis de acuerdo conmigo
   en que va demasiado lejos, cuando os digo
que normalmente desayuna a la hora del té
   y cena al día siguiente.

Tercero, es lento para entender un chiste;
   si os atrevéis, probad con alguno,
y suspirará como una criatura muy triste
   y siempre estará serio ante un juego de palabras.

Cuarto, le encantan las cabinas de baño,
   que constantemente lleva de uno a otro lado,
porque cree que le añaden belleza al paisaje...
   Opinión que puede dudarse.

Quinto, es ambicioso. Pero debemos
   describir dos grupos;
distinguir entre los que tienen plumas y pican,
   y los que tienen bigote y arañan.

Porque, aunque normalmente un *snark* no hace daño,
   es mi obligación deciros que algunos son *boojums*...».
El capitán, alarmado, se quedó de repente callado
   al ver que el panadero se había desmayado.

ESPASMO III

La historia del panadero

Le reanimaron con panecillos, le reanimaron con hielo.
   Le reanimaron con mostaza y con berros.
Le reanimaron con mermelada y con consejos juiciosos,
   y le pusieron enigmas que resolver.

Cuando por fin se sentó y pudo hablar,
   su triste historia se ofreció a contar.
Y el capitán gritó: «¡Silencio! ¡ni un ruido!»,
   y excitado su campana se puso a tañer.

¡Se hizo un completo silencio! Ni un ruido, ni una voz,
   apenas un lamento o un gemido,
mientras el hombre al que llamaban «¡Eh!» contaba su

                             [desdichada
   historia en tono antediluviano.

«Mi padre y mi madre eran honrados, aunque pobres...».
   «¡Sáltate eso!», interrumpió el capitán.
«Si se hace de noche, no podremos divisar un *snark*
   y no tenemos ni un minuto que perder».

«Me saltaré cuarenta años», dijo el panadero llorando,
    «y seguiré, sin más dilación, contando
el día en que me admitisteis en vuestro barco,
    para ayudaros a cazar un *snark*.

Un tío mío muy querido (que me dio su nombre)
    observó, cuando fui a despedirme de él...».
«¡Oh, sáltate a tu querido tío!», exclamó el capitán,
    tocando enfadado su campana.

«Él me dijo entonces», siguió en tono amable:
    «Si tu *snark* es un *snark,* está bien:
tráelo a casa por todos los medios. Puedes servirlo con verdura,
    y es útil para encender una vela.

Puedes buscarlo con dedales, buscarlo con cuidado,
    cazarlo con tenedores y esperanza,
con acciones de los ferrocarriles amenazarlo
    y hechizarlo con sonrisas y jabón...».

(«Ese es exactamente el método», dijo, decidido,
    el capitán en un paréntesis repentino,
«¡Esa es exactamente la forma que a mí siempre me han contado
    para intentar la caza del *snark!»).*

«"¡Pero, ay, radiante sobrino, guárdate de ese día,
    si tu *snark* es un *boojum!* ¡Porque entonces ese día,
suave y repentinamente, tú desaparecerás
    y nadie podrá encontrarte otra vez!"

»Esto es, esto es lo que oprime mi alma,
    cuando pienso en las últimas palabras de mi tío.
¡Y mi corazón no es más que un tazón
    rebosante de temblorosa cuajada!

Esto es, esto es...». «¡Ya hemos oído esto antes!»,
    dijo el capitán indignado.

Y el panadero contestó: «Dejadme decirlo una vez más:
¡Esto es, esto es lo que yo me temía!

Entablo con el *snark,* cada noche cuando oscurece,
una delirante lucha en sueños.
Lo sirvo con verdura en esas escenas sombrías
y también lo uso para encender cerillas.

Pero si alguna vez me encuentro con un *boojum,* ese día,
en un momento (estoy seguro de ello),
suave y repentinamente despareceré,
¡y esta idea es la que no puedo soportar!».

ESPASMO IV

La caza

El capitán, encolerizado, frunció el ceño.
«¡Si tú hubieras hablado antes!
¡Ha sido inoportuno mencionar esto ahora,
con el *snark,* por así decirlo, a un paso de nosotros!

Todos lamentaríamos, puedes imaginarte,
otra vez no volver a encontrarte.
¿pero, por qué, amigo, no sugeriste esto
cuando empezó el viaje?

Es excesivamente torpe mencionar esto ahora...
como creo que ya he dicho antes».
Y el hombre de nombre «¡Eh!» contestó suspirando:
«Os informé de esto el día del embarque.

¡Podéis acusarme de asesinato o de falta de sentido
(todos somos débiles a veces):
pero ni el más leve acercamiento a la falsedad
se encuentra entre mis delitos!

Lo dije en hebreo, lo dije en holandés,
    lo dije en alemán y en griego;
pero olvidé completamente (y eso me enfada mucho)
    ¡que vosotros habláis en inglés!».

«Es una triste historia», dijo el capitán, cuya cara
    se había alargado con cada palabra,
«pero ahora que nos has contado todo,
    sería absurdo seguir hablando de ello.

El resto de mi discurso (les explicó a sus hombres)
    lo oiréis cuando tenga tiempo,
pero ahora el *snark* está cerca, ¡os lo vuelvo a repetir!,
    y buscarlo es nuestro glorioso deber.

¡Buscarlo con dedales, buscarlo con cuidado,
    perseguirlo con tenedores y esperanza,
con acciones del ferrocarril amenazarlo
    y hechizarlo con sonrisas y jabón...!

Como el *snark* es una criatura peculiar, no lo cazaremos
    de una manera normal.
Haced todo lo que ya sabéis y probad lo que no sabéis.
    ¡no podemos perder ni una oportunidad hoy!

Porque Inglaterra espera... me abstengo de seguir:
    es una frase tremenda, aunque trivial.
Mejor será que vayáis desempaquetando lo que necesitáis
    y os preparéis para la lucha».

Entonces el banquero endosó un cheque en blanco (que había
                                                    [cruzado)
    y cambió las monedas en billetes.
El panadero, con cuidado, se peinó los bigotes y el pelo,
    y sacudió el polvo de sus abrigos.

El limpiabotas y el tasador afilaron el pico...
   utilizando la muela por turnos.
Y el castor seguía haciendo encajes y no mostraba
   ningún interés en el asunto.

El abogado trató de apelar a su orgullo,
   y en vano le citó
un gran número de casos, en los que hacer encaje
   se había demostrado que era, de la ley, una violación.

El fabricante de bonetes planeaba ferozmente
   una nueva disposición para los lazos.
Mientras el jugador de billar, con temblorosa mano,
   se pintaba con tiza la punta de la nariz.

Mas el carnicero se puso nervioso y se vistió muy elegante,
   con guantes de cabritilla amarillos y chorreras...
Dijo que se sentía exactamente como el que va a una cena,
   a lo que el capitán observó: «¡qué tontería!».

«¿Me presentaréis, "aquí, un buen tipo", le decía,
   si ocurre que nos los encontramos juntos?».
Y el capitán, sacudiendo sagazmente la cabeza,
   dijo: «Eso dependerá del tiempo de ese día».

El castor, simplemente, se puso a saltar de alegría,
   al ver al carnicero tan nervioso,
e incluso el panadero, aunque estúpido y bobo,
   trató de esforzarse para guiñar un ojo.

«¡Actúa como un hombre!», gritó el capitán airado, al oír
   que el carnicero estallaba en sollozos.
«¡Si nos encontramos con un *jubjub*, ese pájaro tan terrible,
   necesitaremos todas nuestras fuerzas!».

ESPASMO V

La lección del castor

Lo buscaron con dedales, con cuidado lo buscaron,
    lo persiguieron con tenedores y esperanza,
con acciones del ferrocarril lo amenazaron
    y lo hechizaron con sonrisas y jabón.

Entonces el carnicero ideó un ingenioso plan
    para hacer una incursión él solo,
y eligió un lugar no frecuentado por el hombre,
    un valle tenebroso y desolado.

Pero el mismo plan se le ocurrió al castor,
    que había elegido el mismo sitio,
mas ninguno demostró, con signos o palabras,
    el disgusto que apareció en su cara.

Cada uno pensaba que el otro sólo tenía en su mente al *snark*
    y el glorioso trabajo de ese día.
Y trataba de fingir que no se enteraba de que el otro
    andaba por ese mismo camino.

Pero el valle se hizo cada vez más estrecho
    y la tarde oscureció y hacía frío,
hasta que (por los nervios, no por buena voluntad)
    ellos siguieron adelante, hombro con hombro.

Entonces un grito, agudo y estridente, estremeció el cielo,
    y ellos supieron que algún peligro acechaba.
El castor palideció hasta la punta del rabo,
    e incluso el carnicero se sintió un poco raro.

Pensó en su niñez, muy lejana en el tiempo,
    un estado inocente y dichoso.

Y el sonido que le venía a la mente
    era el del pizarrín rechinando en la pizarra.

«¡Es la voz del *jubjub!*», gritó de repente
    (este hombre al que solían llamar «Asno»).
«Como diría el capitán», añadió con orgullo,
    «ya he explicado esta sensación anteriormente.

¡Es el canto del *jubjub!* Sigue contando, te lo ruego:
    con esta, observarás que lo he dicho dos veces.
¡Es la canción del *jubjub!* La prueba está completa
    y sólo te lo he dicho tres veces».

El castor había contado con escrupuloso cuidado
    y cada palabra atentamente escuchaba,
pero se descorazonó completamente y le invadió la desesperación
    al ver que se daba esa tercera repetición.

Sentía que, a pesar de todos sus posibles esfuerzos,
    de alguna manera había perdido la cuenta,
y lo único que cabía era devanarse los sesos
    tratando de volver a calcular dicha cuenta.

«Dos más uno... ¡si es que se puede contar eso...»,
    dijo, «... con el pulgar y los dedos!»,
mientras recordaba, entre lágrimas, cómo en su juventud
    no se había esforzado en aprender a sumar.

«Eso puede hacerse», dijo el carnicero, «creo».
    «Debe hacerse, estoy seguro.
¡Se hará! Tráeme papel y tinta,
    hay tiempo para hacerlo».

El castor trajo papel, carpeta, pluma
    y tinta en una gran provisión,
mientras unas horribles criaturas salieron de sus guaridas
    y con ojos perplejos observaron aquella operación.

Tan absorto estaba el carnicero, que no les prestó atención,
    mientras escribía con un lápiz en cada mano,
y con un lenguaje corriente explicaba todo
    para que el castor pudiera entenderlo.

«Tomaremos el *tres* como base de este razonamiento...
    una cifra muy fácil de escribir...
Le sumamos *siete* y *diez,* y después lo multiplicamos
    por *mil* menos *ocho.*

Después, como ves, dividimos el resultado
    entre *novecientos noventa y dos.*
Luego restamos *diecisiete,* y la respuesta debe ser
    exacta y perfectamente cierta.

Me encantaría explicarte el método a seguir,
    mientras lo tengo claro en mi mente,
si tuviéramos yo tiempo y tú cabeza...,
    pero aún queda mucho por decir.

En un momento he visto lo que hasta ahora ha estado
    oculto en un absoluto misterio
y ahora te daré, libremente y sin cargo adicional,
    una lección de historia natural».

De esta forma genial siguió hablando
    (olvidando todas las leyes de la propiedad,
ya que dar instrucciones, sin introducción,
    causaría un gran revuelo en la sociedad).

«Por su temperamento, el *jubjub* es un ave terrible,
    porque vive perpetuamente en cólera.
Sus gustos son absurdos en cuanto a la ropa
    y está a años luz por delante en la moda.

Recuerda a todos los amigos que ha conocido antes
    y nunca se deja sobornar,

y en las reuniones benéficas se queda en la puerta
  y recoge el dinero..., aunque nada se digna aportar.

Su sabor, cuando está cocinado, es mucho más sabroso
  que el del cordero, las ostras o los huevos.
(Algunos piensan que se conserva mejor en una jarra de marfil,
  aunque otros opinan que en un barril de caoba.)

Se hierve en serrín, se sazona con gluten,
  se espesa con langosta y una cinta.
Pero todavía el principal objetivo que hay que tener...
  es mantener su forma simétrica».

El carnicero habría estado hablando encantado hasta el siguiente
                                                    [día,
  pero se dio cuenta de que la lección debía terminar
y se atrevió a decir, llorando de alegría,
  que al castor, su amigo había llegado a considerar.

Mientras el Castor confesó, con aspecto emocionado,
  más elocuente incluso que las lágrimas,
que en diez minutos había aprendido mucho más que lo
  que todos los libros, en setenta años, le habían enseñado.

Volvieron de la mano, y el capitán desarmado
  (durante un instante), y muy emocionado,
dijo: «¡Esto compensa ampliamente los aburridos días
  que en el agitado océano hemos pasado!».

Tan amigos se hicieron, el castor y el carnicero,
  que es algo nunca visto.
En invierno, o verano, siempre era lo mismo...
  uno nunca podía ver al otro sin su amigo.

Y si alguna disputa surgía, como pasa a menudo
  a pesar de que todos se esfuercen,
¡la canción del *jubjub* volvía a sus mentes
  y cimentaba su amistad para siempre!

ESPASMO VI

El sueño del abogado

Lo buscaron con dedales, con cuidado lo buscaron,
   lo persiguieron con tenedores y esperanza,
con acciones del ferrocarril lo amenazaron
   y lo hechizaron con sonrisas y jabón.

Pero el abogado, cansado de probar en vano
   que el castor con su encaje estaba delinquiendo,
se durmió y en sus sueños vio claramente a la criatura
   que su imaginación había estado buscando tanto tiempo.

Soñó que estaba ante un sombrío tribunal,
   donde el *snark,* con una lente sobre el ojo,
toga, faja y peluca, defendía a un cerdo,
   acusado de haber abandonado su pocilga.

Los testigos demostraron, sin fallo o error,
   que la pocilga cuando la encontraron estaba vacía.
Y el juez siguió explicando lo que la ley establecía
   en un tono dulce y subterráneo de voz.

La acusación no había sido claramente explicada,
   parecía que el *snark* había empezado,
y durante tres horas había comentado, antes de que alguien
                        [adivinara
   lo que se suponía que había hecho el cerdo acusado.

Los miembros del jurado tenían puntos de vista diferentes
   (antes de que se leyese la acusación),
y todos hablaban a la vez y ninguno sabía
   qué era lo que decía el resto de la gente.

«Debéis saber...», dijo el juez, pero el *snark* exclamó: «¡Tonterías!
    ¡Esta ley es bastante obsoleta!
Dejadme que os diga, amigos, que toda esta cuestión se basa
    en un antiguo derecho feudal.

En cuanto a la traición, parecería que el cerdo
    ha ayudado, pero no ha incitado.
Mientras que el cargo de insolvencia se descarta, eso está claro,
    si se admite como alegato nada hubo adeudado.

En cuanto a la deserción, no lo pongo en duda,
    pero su culpa, creo, será anulada
(por lo menos en lo referente al coste de este pleito)
    por la coartada que ha sido demostrada.

El destino de mi pobre cliente depende ahora de sus votos».
    Aquí, el orador se sentó en su sitio
y se dirigió al juez para que consultara sus notas
    y brevemente resumiera el caso.

Pero el juez dijo que nunca había hecho un resumen antes.
    Así que el *snark* ocupó su lugar
¡y lo hizo tan bien que llegó más allá
    de lo que los testigos habían dicho!

Cuando se pidió que dieran el veredicto, el jurado declinó,
    porque esa palabra era muy difícil de deletrear.
Pero se atrevieron a pedirle al *snark*
    que se ocupase de eso también.

Así que el *snark* dio el veredicto, aunque, como confesó,
    estaba cansado por el esfuerzo del día.
Cuando dijo la palabra «¡culpable!», todo el jurado gimió
    y alguno incluso se desmayó.

Entonces el *snark* dictó sentencia, al estar el juez
    demasiado nervioso para decir una sola palabra.

Cuando se puso de pie, el silencio era tan total
   que podía oírse una aguja caer.

«Destierro de por vida», fue la sentencia que dictó,
   «y *luego* una multa de cuarenta libras tendrá que pagar».
Todo el jurado aplaudió, aunque el juez dijo que había temido
   que la frase no tuviese un sonido legal.

Pero su explosión de júbilo pronto se vio truncada
   cuando el carcelero les informó, entre llantos,
que dicha sentencia no tendría el más mínimo efecto
   porque el cerdo había muerto hacía ya algunos años.

El juez se marchó del tribunal, con aspecto de profundo disgusto,
   pero el *snark,* aunque un poco consternado,
como era el abogado encargado de la defensa,
   siguió hasta el final cantando.

Esto soñó el abogado, mientras el canto parecía
   hacerse más audible a cada momento,
hasta que le despertó el tañer de una furiosa campana
   que el capitán tocaba a su oído.

ESPASMO VII

El destino del banquero

Lo buscaron con dedales, con cuidado lo buscaron,
   lo persiguieron con tenedores y esperanza,
con acciones del ferrocarril lo amenazaron
   y lo hechizaron con sonrisas y jabón.

Y el banquero, movido por un coraje tan novedoso
   que fue objeto de comentario general,
salió como un loco hasta perderle de vista,
   en su empeño por cazar el *snark.*

Pero mientras lo buscaba con dedales y cuidado,
     un *bandersnatch* rápidamente se le acercó
y capturó al banquero, que de miedo chilló,
     porque sabía que era inútil intentar escapar.

Le ofreció un gran descuento, también le ofreció un cheque
     (pagadero «al portador») por valor de más de siete libras,
pero el *bandersnatch* solamente estiró el cuello
     y agarró de nuevo al banquero.

Sin descanso y sin pausa, mientras esas mandíbulas
     no dejaban de chasquear alrededor,
se escapó, saltó, forcejeó y se desplomó,
     hasta que, de un desmayo, al suelo cayó.

El *bandersnatch* se marchó mientras los otros venían,
     atraídos por el grito de miedo,
y el capitán observó: «¡Es lo que me temía!».
     Y solemnemente su campana tocó.

Tenía la cara negra y ellos apenas pudieron imaginar
     el más mínimo parecido con lo que había sido antes,
porque tan grande era su miedo que su chaleco se había puesto
                                                    [blanco.
     ¡Algo realmente digno de ver!

Para horror de todos los que estaban presentes ese día,
     se irguió vestido de etiqueta,
y por medio de muecas sin sentido procuró decir
     lo que su lengua nunca más podría.

Se hundió en una silla, pasándose las manos por el pelo,
     y cantaba las más *mísvolas* canciones,
palabras que por necias demostraban su locura,
     mientras hacía sonar dos huesos.

«¡Dejadlo a su suerte..., se está haciendo tarde!»,
    gritó el capitán asustado.
«Hemos perdido la mitad del día. Cualquier otro retraso,
    ¡y no cazaremos un *snark* y la noche habrá llegado!».

ESPASMO VIII

La desaparición

Lo buscaron con dedales, con cuidado lo buscaron,
    lo persiguieron con tenedores y esperanza,
con acciones del ferrocarril lo amenazaron
    y lo hechizaron con sonrisas y jabón.

Temblaban al pensar que la caza podía fallar,
    y el castor, muy excitado,
saltaba sobre la punta del rabo,
    mientras la luz del día se había desvanecido.

«¡Ya se oye gritar a *Ese!»,* dijo el capitán.
    «Grita como un loco, escuchad!
¡Agita los brazos y sacude la cabeza,
    seguro que ha encontrado un *snark!».*

Miraban deleitados y el carnicero decía:
    «¡Siempre fue un bromista terrible!».
Le vieron... a su panadero..., a su héroe sin nombre...
    subido en una roca vecina.

Erguido y sublime, por un momento.
    Al momento siguiente, la salvaje figura que miraban
(como presa de un espasmo) cayó en un abismo,
    mientras todos asustados esperaban y escuchaban.

«¡Es un *snark!*», fue lo primero que oyeron
   y a todos les parecía demasiado bueno para ser cierto.
Después siguió un torrente de risas y hurras,
   luego las temidas palabras: «¡Es un *bu...!*».

Después, silencio. Algunos se imaginaron que oían en el aire
   un suspiro cansado y errante,
que sonaba algo así como «¡... *jum!*», pero otros declararon
   que sólo era el viento que soplaba.

Cazaron hasta que se hizo de noche, pero no encontraron
   ni un botón, ni una pluma, ni una señal
que pudiera indicarles que estaban pasando
   por donde el panadero había encontrado al *snark*.

En mitad de la palabra que trataba de decir,
   en mitad de su risa y su júbilo,
suave y repentinamente desapareció...,
   porque el *snark era* un *boojum,* ya veis.

ÍNDICE